文昊天 著

我想给你一个家

中信出版集团 · 北京

图书在版编目（CIP）数据

我想给你一个家 / 文昊天著. -- 北京：中信出版
社, 2017.4

ISBN 978-7-5086-6479-8

Ⅰ.①我… Ⅱ.①文… Ⅲ.①散文集—中国—当代
Ⅳ.①I267

中国版本图书馆CIP数据核字(2016)第166154号

我想给你一个家

著　　者：文昊天
出版发行：中信出版集团股份有限公司
　　　　　（北京市朝阳区惠新东街甲4号富盛大厦2座　邮编　100029）
承 印 者：鸿博昊天科技有限公司

开　　本：880mm×1230mm　1/32　　印　张：6.25　　字　数：90千字
版　　次：2017年4月第1版　　　　　印　次：2017年4月第1次印刷
广告经营许可证：京朝工商广字第8087字
书　　号：ISBN 978-7-5086-6479-8
定　　价：39.80元

其实想法很简单，就是和你看海。

［自序］

只要你不献媚世界，世界就拿你没办法

Haotian Wen 的品牌 slogan 是献给强势女人的温柔设计。一次，一位金融圈中赫赫有名的青年才俊问我，你不觉得你们这个定位有点问题吗？强势的女人怎么会希望别人说她强势呢？他抛出的这个问题很多人都问过我，我的回答一直都是：真正强势的女人，是不会在意外界给予的各种标签，也不会因为流言蜚语而打乱自己的生活，她们只会遵从自己的内心，然后活成自己想要的那个样子。

在大部分人的意识里，随波逐流才是最安全的选择，大伙儿往右，你就不该往左，大伙儿说话的时候，你就不该选择沉默。

父辈们像是统一口径似的对你循循善诱：我们都是过来人，吃过

的盐比你吃过的饭还多，听我们的总没错！

你的老师、朋友，当然还有你的父母，他们会对你提出各种各样的要求，或是施与各种各样的压力：你快结婚吧，你现在该生孩子了。

为什么任何人都能在任何立场上对我们的生活指手画脚。

为什么我们一定要遵守世俗的所谓生存法则。

有人因为心怀世界行走于万里山河而被打上不务实的浪子标签；也有人醉心于二人世界不想考虑生育，却被长辈说是不尽孝道。无论你选择以何种身份或方式生活，只要不伤及他人，就尽可能发挥"自我"吧。

或许走向"自我"的道路荆棘丛生甚至代价颇重，但最后这个"完整的自己"便是上帝送你的礼物。

选择生活，选择事业，选择家庭；选择 CD 播放机和电动开罐器；选择健康的低胆固醇餐食，还是选择三件式的西装外套和搭配的行李箱，最终都抵不过自己想要的人生。

只要你不献媚世界，世界就拿你没办法。

少讲道理，尽量有趣。

[推荐序]

不遗余力，奋力燃烧

　　我以为就像我认识的昊天那样，他的这本书一定是欢快的，至少不是字里行间透露出的令人心疼。我记得昊天刚来北京时我们就认识了，那时他是一个刚从国外留学回来的男孩儿。没错，"男孩儿"这个词就是我对他的印象，爱笑甚至有些爱折腾。当时他刚建立品牌，且刚接触时尚这个圈子，无论是参加节目还是参加各种时尚活动，他总是抱着热情和亢奋的态度，每天就像打了鸡血似的。

　　在他刚开始办秀的时候，收到他的邀请我二话没说就急着从香港飞过去站台，不需要敲档期，因为我居然有点担心这个太年轻的男孩儿能不能搞定一场这么大的活动。就是这样一个在我眼里棱角还未磨平的男孩儿，真诚、开朗，我们见面时总是嘻嘻哈哈，喝酒、谈天和折腾，但我从来没想过他会有这本书里所描述的一面。

直到答应为他写这篇序言时，我重新回忆了一下昊天这些年的成长，时光总是恍惚，一起玩闹的男孩儿原来真的成长为独当一面的品牌创始人了，跨界活动、投资时尚行业等等这些年他折腾的事儿真不少，成熟、严谨、稳重，俨然成为一个成人。再细翻这本书的文字，我想我明白一直以来他大笑背后的努力了，当初我会定义他是一个男孩儿，大概是他将辛苦藏于人后，人前却并未吐露，而这本书则真实记录了他一路行走的脚步印记，这就是《我想给你一个家》的意义吧。

就是这样一个真诚却有些倔强的男孩儿，如今已经成为你们所熟

知的品牌CEO，希望他的故事可以给你们方向和力量，更希望你们像
他一样，不遗余力，奋力燃烧。

    Ps：昊天，我依然自私地希望你是一个"傻小孩儿"，

        即使全世界暴雨倾盆，

        我们还能一个故事一口酒，

        断断续续说话，忘了回家。

小熊（熊乃瑾）

明白为何，为何忙碌，保持棱角，
不忘思考，也不忘忠于创造。

目　录

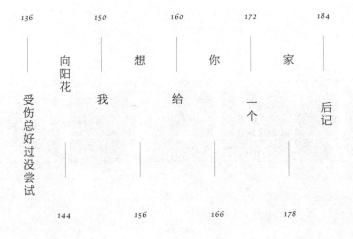

习惯就好

·

　　儿时的我内向而倔强，首次表现该特点是出生后一周内从未哭过。据母亲说，当时全家人着急地抱着我回到医院，央求医生无论如何也要把这聋哑婴儿治好，而经验丰富的医生端详了我一阵，猛然抬手狠狠打了一下我的脚心，我顿时啼哭不止。

　　出生后不哭的孩子不多，而我长大后哭泣的次数也少之又少。即便因为不乖被父母揍，即便他们在我 8 岁那年离了婚，即便在继母家里因偷偷给母亲打电话而反复被她数落，敏感的我也都是悄悄地找个地方躲起来，不去和谁诉说，自己消化并习惯一切。

　　似乎这种性格与生俱来，从童年开始，我对很多事情的处理方式就是遵从习惯，但习惯是什么呢？我想，习惯并不是一成不变的，其存在的意义也值得思考。

小时候我极度挑食，即使川菜在全国菜系里雄踞榜首百年，即使外祖母烧的饭菜满街飘香，但芹菜、苦瓜、西红柿、胡萝卜、肥肉等上百种食物，想进我的嘴难度也堪比登天。而我的拿手绝活儿是可以将丸子里的姜粒精准地挑出来，此招练得炉火纯青，方圆百里无人可及。家人的各种规劝都难以奏效，除非母亲或舅舅在场，我才可能乖巧地吃下一些。他俩见外祖母的苦口婆心对我无效，时常会"爆发小宇宙"，母亲用"星云锁链"，舅舅用"庐山升龙霸"，二人一张一弛，出手默契，时常揍得我脑壳嗡嗡，"武功"尽失。由于对舅舅"爆发小宇宙"的时机难以把控，我不得不渐渐把一口不吃改为吃"汤泡饭"——用此方式吞咽较快，能迅速完成吃饭任务。但很快，这种没有营养并且伤胃的饮食方式就被舅舅的"天马彗星拳"消灭了，而那一天我正好看到《圣斗士星矢之海皇篇》中的星矢对海马将军使用这一招。

我也是自作孽啊，谁叫我时常邀请舅舅一起看《圣斗士星矢》呢，再加上他悟性高，修炼快，除力道把控不稳外无懈可击，所以在舅舅的各种功力压迫下，我挑食的习惯得以改变。

成长伴随着质变。习惯也在被迫形成后带来了益处，若从小的行为习惯未被打破，或许会为长大后的自己设限许多。长大后渐渐发现，芹菜炒香干好香，芹菜的粗纤维也好性感，有助于降血压和治便秘；苦瓜也没想象中那么苦，它降血糖、去火、去毒，对治疗小痘痘异常有效；我曾最抵触的生姜，驱寒暖胃，也成为我若干年后留学法国的时候和小伙伴们煮火锅的必备佳品；而番茄炒蛋更成为我长久一人居住时为数不多会做的菜。

其实所有的习惯都是形成你今时今日模样的细胞，它们本就良好，与他人在出生时并没有什么不同。而那些你看到的功成名就或者成绩斐然的人，在起步之初或许也有挑食的习惯，甚至还有委屈的过往与各种人生的悲剧，但他们的细胞里载满了与命运角逐的抗体，可能是从早晚刷牙的习惯开始，从一天看三部电影开始，从一周写一万字开始，从起床出门便谨遵当日的十七条计划必须完成开始。那么遇到态度不好的出租司机、坑你钱的停车场管理员、排队加塞的无良青年，基本也会一笑置之。所谓心中充实，才有底气快乐。而不好的习惯是"癌"，大多数人与此"癌"斗争一生，忙碌不堪却又碌碌无为，吹牛散漫终也默默无闻。

在父亲和继母家住到 12 岁时，我被搬到了母亲和继父家里。继父给我的感觉很好，温和有礼，成熟得体，但我那青春期莫名的敏感始终作祟，看到有外人靠近他，我会躲在角落里毫无理由地生闷气，好似担心刚建立的和平关系又将被打破。记得有一次，在继父开的"轻松驿站"咖啡店里看到他和一个阿姨聊天，我当着他们的面冲出店门，一路狂奔，不知所措的继父在我身后紧紧追赶，直到我摔倒在铁路桥上，继父才追到双膝全是血的我。他抱着我回到店里，给我母亲打了电话。我也不知道自己因何生气，但就是想哭，内心酸楚。

我也是长大后才理解当时的自己，总会把不安和敏感逐渐放大到自己无法承受的地步，这应该是很多离异家庭的小孩常会出现的状况

不恋旧，但念旧，不变初衷才是最大的独立。

吧。少不更事的我们时常会把秘密藏起来，自以为是委屈埋在心里，在面对一个陌生人以及他所带来的未知即将进入我的人生时，我做不到理解，更难以接受。

正如在父亲和继母家生活时那样，在母亲和继父家里住时，我仍然异常谨慎，在搬来之前我对如何扮演一个乖孩子还是有一些聪明伎俩的，可我发现我低估了母亲的实力。母亲是个名副其实的女强人，对于我的成绩、礼节及为人处世，都有着严苛的要求，尤其是在继父面前，她不允许我有丝毫不懂事与不上进的表现。而我也始终不能像大多数孩子在自己家一样完全放松下来，我习惯性地站在他们的角度思考我在这个家里的位置，我怕父母会因为我犯的错再次争吵，怕他们会因为我的成绩下降而埋怨对方，更怕我的敏感会让母亲和继父的关系出现裂痕，似乎我在两个家里都是客人，有些累赘的客人。

继父唯一一次揍我是在我第一次撒谎被发现的时候，我将试卷上 80 分的批改痕迹用涂改液涂去，然后用复印机复印好，再重新写上 100 分。现在看来，真是机智又拙劣，但当时的我只是害怕母亲看到 80 分后会大失所望，才不得已而为之。我将真实的试卷藏于学校旁卖牛奶的冰柜里，这个弱智的计谋没过多久便被母亲识破。当母亲领着我回到牛奶店找出我藏着的试卷时，牛奶店的阿姨嘴巴张大得几乎可以吞下一头牛。回到家，不知是不忍心还是无奈，也许是母亲从未想过我会欺骗她，她并没有揍我，而是让继父动手。继父让我先跪在小房间里，我听见外面电视机嗡嗡作响，有那么两三秒我甚至有种什么都没发生过的错觉，那时候我还不懂什么叫暴风雨前的宁静。而最后的结局是事后一周我的屁股都疼得让我难以入睡。所以啊，撒谎这种习惯不过是自欺欺人罢了。但当时面对只有 80 分的鲜红色试卷时，我认为这样的伎俩就可以维持表面的和平，而不至于招继父嫌弃、令母亲没面子。殊不知，我总是习惯从小大人的角度思考，却从没有以他们孩子的角度表达内心的想法，或许从一开始我潜意识里就把自己当成了两个家庭的"借宿者"，而当时的我只能理所当然地选择撒谎这种方式去讨好"房东"。

习惯真是个有趣的东西，在我认真地、逐一地、发狠地改变了很多习惯后才有了今日这点小成绩——我把它们称为"物理习惯"。如果改变不了别人，那就先改变自己，这不是一种洒脱，更不是一种自嘲。改变自己不该是以迎合别人为前提，而是通过改变去遇见更好的自己。

在成长的路上，更多难以面对的是"化学习惯"，它像莎翁笔下的戏剧演员，充满情感、爱恨分明、沉静如海却暗涌连连。直到多年以后我离开成都才把自己生闷气的习惯改掉，这或许是环境的多变和视野的拓宽带来的改变吧。上次出差到了陌生城市，意外地在酒店大堂碰到了我的继父，这种巧合实在让我们俩大吃一惊，签好彼此的工作合同后，我们约好去喝一杯。也正是因为只有我们两个人，反而更加轻松自在，一整晚都大聊特聊，喝了很多酒，像哥们儿一样。对了，我们还自拍了很多张照片，想想那次不期而遇也真是有够惊喜。

父母的婚姻并不是我们能强加维系的，陌生人选择走近我们、与我们为伴，也是不需要莫名抗拒的。现在的我反倒是主动面对自己，正视自己和每位家人的关系，更选择接受和理解他们对自己人生做出的抉择。只有当我们试图把接受和理解当作一种习惯时，我们才会明白，当初那个撒谎的自己有多渺小。所谓习惯，习惯就好。

成长不但意味着我们慢慢学会掌控生活的节奏，还在于我们能够以"不需要被任何人理解，但可以理解任何人"的心态活着。

　　我曾有个怨愤型的朋友，她的生活里处处都是磕绊——跟家人相处不好，莫名其妙被老板辞退，买个水果也被缺斤短两……她对这个社会和她的人生极其不满，每次见面，她都要说几十遍"这都什么人啊""这什么社会啊""太让人伤心了"这类话。跟她在一起，你会不自觉地被浓烈的负面情绪笼罩，感觉整个天地都是昏暗的，这让人很不舒服。后来我就尽量减少和她的接触，而在这之前，她的朋友其实就已经少得可怜了。前段时间她发来短信，我才知道她和男友分手了。她男友选择了她的另一个朋友，她气不过，去闹了好几次，在他们面前当场割腕，不承想男友不但不管，还报了警，警察强行把她带到医院去包扎。她哭着说："我是真的想死在他们面前，这样的社会，活着有什么意思？"

　　"这样的社会……"，不知道有多少人，在遭遇不幸的时候把罪过推给社会。没错，这样的社会确实问题一大堆，但如果你只能靠指责它来自我救赎，就注定越陷越深。社会就是这样的社会，激烈抢位，人人自危，钩心斗角，复杂艰辛，但我们逃不过它。每个人都命中注定要在这样的社会上奔跑，而且很可能有人起点比你高，有人跑得比你早，有人装备比你好；在跑的过程中，你可能还会被人撞一下、绊一下，甚至被人故意推倒了踩两脚，但是不管怎样，你必须迅速调整好自己，寻

别自我怜悯，往往越是觉得自己可怜的人越容易用自身的痛
苦去伤害别人。每个人都会经历失去，但失去的同时也意味
着得到，只是有人计较失去，所以不快乐，有人享受得到，
所以更洒脱。

找到最适合你的方式，继续全力以赴地奔跑。如果你非要停下来哭闹咒骂，或者拉住撞你的人吵架算账，结果只有一个：你被越来越多的人甩在后面。挫折和不幸是每个人的必修课，当你恋爱遇挫，当你工作不顺，当你承受了天大的委屈，你完全有理由哭泣、抱怨、指责，但是你一定要知道，哭也是耗时间的，如果你把太多时间用来哭，那么生活一定会对你哭。你面对不幸的态度，便是你对人生的态度。

所以，要么放弃抱怨，试着从改变一个习惯开始；要么继续抱怨这一切，在荒诞不堪中度过自己贫瘠无聊的几十年。我曾经是一个试图改变他人的热心肠，后来却发现，那些被我摒弃的不良习惯，却在他们的身体里根深蒂固，坚韧到无懈可击，我的苦口婆心倒不如一句"干杯"来得实际。在与他人的关系中，道理似乎最容易被曲解，于是话到嘴边，多数又咽了回去，最值钱的经验都得亲身经历后才能得到，费再多口舌也是徒劳。

其实在你抱怨命运不公、生活尴尬的时候，不妨去想想你的习惯：熬夜而无所作为的习惯、做事拖沓的习惯、心口不一的习惯、总在做决定却始终迈不出第一步的习惯、暴饮暴食却羡慕他人身材苗条的习惯、看不到他人闪光点只会历数其不足的习惯。你可以抱怨，但是除了一时发泄以外，这只会让你在未来面临更多难题。你本已落后于人，却又因抱怨浪费了更多时间，之后你还得花费几倍于别人的精力才能追赶上去，甚至你不知不觉中用无形的负能量将自己的生活圈子与别人分隔开来。

在这个信息爆炸的社会里，我们的生活充斥着永不停歇的更新换代，殊不知，那些帮助我们成长，最终被我们保留下来的习惯是多么珍贵。

比如写日记。对文字有洁癖的人不太适合网络，因为网络文章拼的是速度，而反复地推敲文字太慢，赶不上节奏；临时状况下没人能全对，为几个字懊悔或厌烦承受完全未知的压力，倒不如不讲。而记日记是最好的方式，与自己和解的方式。最初我是在小学老师的强迫下拿起笔，当时班上每个同学写的内容都大同小异：动物园里的动物、植物园里的植物和自家的后院。到后来，我除了完成这些规定的作业外，也开始另辟天地。我买了一个带锁的小日记本，日记本随我见证每一个我居住过的城市、过往的旧友、叛逆时的遗书和不能倾诉的小秘密。

越活越自在的前提是你越来越爱自己。

　　比如做计划。虽说计划总赶不上变化，但当你始终朝着某个方向前进，总不会迷失在半路。时常会看到因意外而焦虑不安的人，他们利用各种社交平台宣泄自己的不良情绪，盲目地前进却忘了最初是为何开始。但如果每件事都提前设定好，给自己留出相对充裕的时间去执行另一套备案，结果也不会太坏。虽然在大多数人眼中，计划等同于呆板或是形同虚设，失去了意外的惊喜，但那也需要你能承担得起惊喜之外的意外之事。假如你将自己的每一天、每一件事稍做计划，那得到的便是惊喜，而没能实现的事儿也不会让你挫败不堪。

　　比如睡前留一盏灯。母亲说，家里无论多晚，都要留一盏灯。很多年后我看到《一代宗师》那段"留一盏灯，多一个人"时，会想起母亲当年的话，而与这盏灯配合着的是唱片机上播放着的《伤痕》："夜已深，还有什么人，让你这样醒着数伤痕，为何临睡前会想要留一盏灯，你若不肯说，我就不问。"

　　这首歌和留一盏灯的习惯，直到现在还在我的家里存在着，一直不曾变过。

我和父亲

　　每天中午我都会睡会儿午觉，所以常常被朋友调侃为老干部。有天中午窝在办公室的沙发上小睡，隐约听见外面传来争吵声，断断续续的，不知道在讲些什么，但那些窸窣的声音，却让我有种很熟悉的感觉。

　　从记事起我便被迫成了一个异常敏感的人。父母离婚前时常吵架，我的房间在他们隔壁，每当听到激烈的争执，我便抱着被子蜷缩在离他们房间最近的折叠沙发上，把自己包裹成小小一只。母亲的哭吼声从紧闭着的卧室门里传出来，偶尔伴随着花瓶破碎的声音。说是争吵，更多的时候像是母亲一个人的战斗，几乎听不到父亲的声音。我想，父亲应该是安静地坐在床边，或是靠在窗边的椅子上，听着母亲纠结一些在他看来细碎的小事。和父亲一样，我总是安静地听着，既不劝阻，也不哭闹，但父母刻意压低嗓音的争吵声还是能不断传进我的耳朵。我像受惊的刺猬，每一个毛孔都在战栗、抖动，用全身器官接收着屋内所有的不良情绪，我害怕他们随时夺门而出再也不回来，我怕他们摔烂所有的家具和相框，我怕他们的吵闹令其实还没熟睡的外祖母难过，我怕他们会真的分开……然后，他们就真的分开了。

而我天真地以为，我不再挑食，我拿下全年级第一，我和姐姐一起唱歌跳舞逗全家开心，我帮父亲倒水泡脚，我帮母亲整理家务，我帮外祖母洗菜，就可以让他们不离婚的。《道士下山》里有句台词："一门之隔，两个世界。"但是再坚硬的山门，也没能挡住小道士下山的心。一扇小小的卧室门，把我和父母分隔成了两个世界，却隔不断我的恐惧与不安。于是，在幼时的家庭生活中，我成为一个冷静的观察者。我看着父母吵架，然后冷战，和好，再吵架，循环往复。父亲有他的沉默和坚持，母亲有她的要求和不满，而我只有我的沙发和抱枕。我很感谢一个阿姨，她住在我家楼下，当父母吵得不可开交时，阿姨会上来敲门一探究竟。我站在门后踮起脚拧开把手，阿姨每次都微笑地看着我，眼里满是同情，她抱起我，把我带到她的家里。第二天一早，我在半梦半醒之间，总会听到母亲和阿姨的对话，大概是保证不会再有下一次了，每一次我都会想，这是我最后一次睡在阿姨家里了吧。我在阿姨家住的时候总是睡得很香，好像一场战争不远处有片平静的湖水，和谐安宁，与世无争，为我而存，而这种状态，也逐渐成为我的一种习惯，直到现在我也从不为外出感到烦恼，酒店或是飞机，高铁或是巴士，我想睡就睡，无比安稳。

我自小收到的父亲送的礼物屈指可数，正因如此，每一件我都会悉心珍藏。在我很小的时候，有次父亲去厦门出差，给我买了一件墨绿色的外套，虽然大了些，但它一直都是我那些年的主打装，每次洗时我都会认真叮嘱外祖母哪里有污渍，哪里线开了，就像珍藏一件父爱艺术品。有一阵子流行四驱车组装模型，为了拥有这么一台四驱车，小伙伴们会绞尽脑汁存早午餐钱，而我当时没有零用钱，只能用成绩说话，用一张百分试卷换得父亲买一辆四驱车。东西买了也就买了，父亲却从不会夸我成绩好或同我聊起学校的生活。自小他就与我沟通很少，就连相册里的合影也屈指可数，有一张在成都世界之窗拍的，照片中父亲抱着我，也是后来无意翻到时才知道，哦！我原来还被父亲抱过。

记得某年夏天，我和外祖母正津津有味地看着当时的大片《泰坦尼克号》，突然敲门声像打鼓一样剧烈且嚣张地响起。外祖母起身去开了门，还没来得及反应，家里就被那来势汹汹的陌生人给占领了，所以直到现在，我都没看过 Jack 和 Rose 分别的那一刻，在我的印象里，他们只停留于船头那经典的一幕。后来也只是靠那段时间同学之间的议论和往后别人聊起，才自己想象出一个结局。那些陌生人抄着家伙冲到我家时，我被外祖母一把抓过去关进了厨房，一阵急促的锁门声后，我便与门外的喧闹相隔开来。

后来，我也是在大人们零星片语的谈判中才拼凑出一个因果。他们倒也不避讳在我面前提及，他们哪会想到一个不懂事的小孩儿能知道什么叫债主，什么叫谈判；他们更不会想到当门外哭喊和争执不断的时候，一个他们眼中的小孩儿会一直蜷缩地跪在厨房的地板上，因为电影里都是这么演的，遇到难处时双手合十虔心地跪在地上祈求菩萨保佑；

他们更不会想到，我到现在还记得这件事，甚至记得那凶狠的债主的样子：中分头、粗眉大眼、满眼仇恨地盯着我。他们周旋了很长时间，长到我已经躺在厨房冰冷的地板上睡着了，我只听见外祖母用钥匙开门时小声地叨唠了一句："这傻孩子怎么睡在地上了。"她把我抱起，我软趴趴地依靠在她的肩上，像平常那样假装天真地继续睡觉。路过客厅的时候，借着父母房间门缝里透出的光，我眯缝着眼偷偷打量如同战争过后的家。那一刻很安静，安静到能听见屋外的蝉鸣，此前撕心裂肺的争吵，仿佛不曾有过。

似乎我从小就是一个可以控制自己情绪的孩子。在那个听取蛙声一片的夏天，父亲带回一个漂亮阿姨。父亲是一个不善言辞但做事得体的人，但那天他的脸上满是尴尬。他和祖父都在客厅坐着，厨房里却传出炒菜的声响，满屋飘着呛鼻的油烟味，我疑惑地进屋放好自己的书包，出来时看见漂亮阿姨正端着菜走出厨房。父亲向我介绍眼前的这位漂亮阿姨，好像在宣读心里早已练习过好几遍的演讲稿，机械却义正词严，他自始至终都没正眼瞧过我，那模样像极了我对着天花板背诵文言文。他交代我要和眼前的这位阿姨好好相处，不要惹她生气，而我也是到谈话快结束时才得知了这位漂亮阿姨的姓氏。这位吴姓阿姨顺势将手放在

起初，我们揣着糊涂装明白。后来，我们揣着明白装糊涂。其实，并不是我们
愿意活得不明不白，只是，好多事一用力就会拆穿，一拆穿就会失去。

我的头顶，说我可爱。我虽觉得别扭却没躲开，她摸摸我的头，用软软糯糯的声音说真乖啊。父亲破天荒地为我倒了一杯冰镇可乐，我心领神会，在父亲的眼里像我一般年龄的小孩都应该喜欢可乐，而我不知道该如何回应，翻滚的气泡使我没喝几口就剧烈地咳嗽起来。我本想躲进屋子里给母亲打个电话，但迅速抓起电话后又缓慢地放回原处，她应该早就知道了吧。

那是我第一次见到吴阿姨，后来她成了我的继母。直到现在我都还记得那天的情景，她坐在背对着窗户的位置，阳光透进来把她照成一个暖色的剪影，整个人好像都在发光。吃饭的时候，父亲和祖父都很开心，喝了好多酒，说了很多话，笑了很多很多次。我想，这个吴阿姨真是个有魔法的人，会发光，还能逗得父亲和祖父这么开心。印象中我很少和父亲吃饭，更别提这样开心了，所以打心眼儿里很是崇拜她。

父亲和吴阿姨结婚那天，我穿了身蛎白色的西装，黑色的大头皮鞋，打扮得像个小大人。我站在父亲和吴阿姨中间，接受着来自各种亲戚和陌生人的祝福，却觉得自己并不属于那里，甚至搞不清当时的状况，不明白为什么他们都称呼我为大公子，为什么他们会将只有过年才见得到的红包源源不断地塞给我。我只有傻愣地待在原地，任由过路人不停地捏着我的脸。后来全部的人都聚集到一个陈设很是隆重的宴会厅，祖父把我带到一张满是陌生人的餐桌前。再后来祖父也消失了，再次出现时他站在台上，父亲和吴阿姨跪在祖父跟前，台下的人纷纷起哄："亲一个！亲一个！"而我独自坐在祖父安排给我的座位上，周围是父亲或是吴阿姨的朋友，他们每个人脸上都保持着浓浓的笑意，觥筹交错，每一个人都有点眼熟却又无比陌生。有的人会跌跌撞撞地拿着酒杯朝我走过来大声地问我："你不是文家大公子吗？"出于尊重，我都微笑附和，虽然那天我听过最多的一句话便是"你不是那谁谁吗？"，可毕竟我不是主角，更没谁在意我是谁。一种置身全世界中央，却被全世界背叛的失落感向我袭来，将我吞没。

父母离婚后，我变得愈加敏感，同父亲和继母住在一起的日子尤其是。吃饭的时候我会谨慎地等待所有人都上桌，留意那个被夹得最多的菜，配合着最后一个人吃完一同收拾离桌；我不会与弟弟争抢任何玩具或漫画书；趁着家里没人的时候给母亲打电话，控制着通话时间不能太长，通完话后一定第一时间删掉拨号记录，但还是有几次忘记了而被发现。再后来母亲给了我一个小灵通，是充话费送的那种，我就不再用其实，无论真心或是假意，只要是花时间陪伴过你的人，都应该感激。

家里的电话了，即使这样，谨小慎微的我还是被继母发现并没收了手机。

随着我的功课逐渐增多，继母索性请了保姆帮忙照料全家人的生活。保姆姓袁，我很喜欢这位袁阿姨，她总会亲昵地叫我小名，我打小便认为只有在一个人犯错时才会被直呼全名，所以当听见别人，尤其是家里人叫我全名时都会心里一颤，生怕做了什么自己还没来得及觉察的错事。有一年暑假，我跟着袁阿姨去她乡下的老家，在那里，袁阿姨扮演了我的生物老师的角色。她带我去挖地瓜，满身是泥的我在地瓜田里东奔西跑，就像一只喝了兴奋剂的田间地鼠。一场大雨后，她带我到树下找菌菇，雨后的土地因潮湿而变得泥泞，空气中满是新鲜的味道，对袁阿姨他们来说，那是个丰收的日子。

乡下的生活并没太多花样，太阳下山时分，袁阿姨喜欢和她的姐妹们坐在自家小院里聊天嗑瓜子，我趴在袁阿姨的腿上，偶尔听她讲起在我家的生活，伴着她们带有地方口音的谈话，我慢慢睡了过去，那是我最开心、最自在的一个暑假。临开学前我们才回到城里。

那时也不知是哪个班级带的头，周五放学后在教室煮火锅，后来整所小学都跟风起来。因为我家离学校近，所以光荣地担起了为班级备料的工作。袁阿姨总是很细心地帮我们准备食材，这一度让我和同学们对她肃然起敬，当然也曾发生过意外。一次做饭时，因为汤里面的某种不知名食材，我吃完后很快便开始闹肚子，发现异样后我跑去告诉继母，却被怀疑是不想上学的借口，我也不知道从何时起，我便在她心中留下了如此的印象。我只好忍着病痛不甘不愿地去了学校，勉强上了半节课，便虚脱地趴在桌上。当时的班主任了解情况后叫来了急救车，因为继母在市里的一家儿童医院上班，所以我便理所当然地被送到了她那儿。说来也巧，急救车上的医生都是平日里遇过的熟人，因而就没有了第一次坐急救车时该有的恐惧。医生迅速诊断我为食物中毒，当即对我展开了"吊瓶攻势"。第二天，继母和袁阿姨也相继出现了不同程度的食物中毒症状，我终于可以名正言顺地请假在家休养了，虚弱的三个人每天像被放了慢动作一样生活，几乎整整一周，我们仨都是在食物中毒的昏暗折磨中度过的。

后来我的家逐渐变得热闹起来——家里有父亲、继母、继母的父母、继母的弟弟和我的弟弟。家的面积并不大，只有一个卫生间，这成为我与父亲沟通最多的地方。我们几乎只有在早起时才能见到对方，他在上

你还是得坚强，不能消极，不能借酒消愁，你得爱自己，更爱自己，
因为没人会那么爱你了，除了你自己 。

厕所时我在刷牙，简单地问答几句。晚上他回家时，大部分时候我还没睡着，听见楼道里熟悉的脚步声，有时候跌跌撞撞，我便知道一定是他喝了酒。可没谁去迎他，我在装睡，而继母唱着摇篮曲在哄我刚睡下的弟弟。记得有一次父亲的朋友过生日，这也是极少数他会带我出席的场合，席间有人不停地灌他酒，突然有个叔叔提议让我帮着父亲喝，我二话不说端起酒杯一饮而尽，之后的事便记不得了，只有断断续续的印象。那是我第一次喝酒，也是第一次帮父亲挡酒，我站在那张和我齐头高的圆桌前听着大人们的喧闹，发现原来酒精可以让人短暂地逃离现实。

关于我的事情，父亲从不主动过问，也许在他心里早就安排好了，而所有关于我的信息都是由继母传递给他的。在正值青春敏感期的我看来，其中有部分信息不太客观，我觉得继母总会将我的本意扭曲，有时她甚至不怀好意。而现在想想不禁释怀，大概所有青春期的小孩儿都会有这般被全世界遗弃的奇怪念头吧。比如在我母亲要接我到她和继父家住的前三天，发生了一件很特别很特别的事。

那是个夏天的午后，饭后我肚子极痛，继母的弟弟一直在上厕所，我敲门，他说你再等会儿，我就忍着等。又去，他还说不行，还得一会儿，我大腿并紧，用力抽肛，做着最后的挣扎。再去，他依旧说再稍微等等，而我当时肛门欲裂，"黄金战士"们即将夺门而出。情急之下我去厨房找了个塑料袋回到房间锁好门，我不敢出声，一边捂着肚子，一边把着门锁，生怕被人听见，接着大汗淋漓地将"困难"畅快排出，然后迅速将袋子系扣拴紧，我刚打开门，发现全家都坐在客厅。我想着要是这么提一袋子屎出去一定会出事儿，便又退回房中，仔细将袋子藏在衣柜的最深处。三天后，母亲接我到她的家里开始新的生活，而我全然忘记要把衣柜里的袋子趁无人时扔出去。收拾衣柜的继母发现了这袋"黄金"，大发雷霆地告诉父亲，并毫无缘由地说这是我母亲指使我做的。我想不通她为什么这么说，就像之前想不通为什么她要没收母亲给我买的小灵通电话一样。那些年就是在诸多小事中被各种情绪影响着，所幸我不断提高着自我保护能力。

如果不是这本书，这袋屎可能会是一个永远的冤案，而我只会在拥有足够话语权和信任度的时候才能说出来吧。仔细想想，似乎我们每个人在生活中都曾有过类似的际遇，无论当时的我们再怎样据理力争、声嘶力竭地呐喊，都会让解释变成别人眼中的谎言，只有时间最终会给出答案。当时无背景、无成绩、无印象，说什么做什么都不被人相信，直到我们终有一日功成名就，那时我们的所言所为便成了标杆，铿锵有力，这虽令人无奈但放之四海而皆准。

　　由于没有念六年级，我在初中的班级里是年龄最小的，老师对我也格外照顾，还让我担任纪律委员的职务。其实我明白，这是一个典型的出力不讨好的工作，干得好意味着你得罪了同学，干得不好意味着你敷衍了老师。当然，在那个时候我并不会考虑那么多。我开始拿着鸡毛当令箭，像个小老师一样管东管西，若换作现在，我不会这样做。或许是当我们长大后，才能更加敏锐地洞察出权力背后的黑洞吧。在被无数同学莫名的敌意攻击后，老师终于意识到问题，撤掉了我的职务，我和同学们的关系也逐渐回归稳定和亲密。所以说，孩子们的世界多简单啊，从不会让仇恨长期停留，被父母骂了几句只需一根棒棒糖便可破涕为笑，和别人发生争吵后只用半天的时间便能和好如初。那些小时候我们获得的珍贵技能反而因为阅历的增加、经验的累积，到最后消磨殆尽了。或许是年少时的我们世界很小，反而更能清楚地看到什么才对自己最重要。

　　初一下学期，我结识了两个校外的小伙伴，仨人一见如故，成了无话不谈的好友，好到一瓶牛奶三人喝，买包辣条三人分，一起写作业，一起幻想未来的生活。每到周末都有例行的"探险"活动，而在"探险"的过程中我们发现了一条清澈的小溪，是在一片荒芜的沙丘下面。溪边有一座西式的教堂。有时候我们会坐在教堂门口，看夕阳落下，在水面上洒下一片金黄，微风吹过，波光闪动，空气里都是青春和文艺的味道。正是因为这个共同的私密领地，我们的友情越发深厚。继母曾见到我和其中一个女孩一起放学回家，并在分开的岔路口说说笑笑聊天到很晚。后来她在饭桌上不经意地提起此事，在我看来却有些刻意。有的时候朋友往家里打电话，我飞快地跑过去接听，嘴上聊得开心，心里却很是忐忑。那时继母的表情必然是严肃的，仿佛我是犯了色戒的花和尚，委婉却笃信不疑地向父亲转述我已经沉迷早恋必须赶紧教育否则将酿成大错后悔莫及。

　　我对这些小事的敏感和谨慎会被大人夸赞为比同龄的小孩更成熟懂事，而这种成熟在现在看来，不过是比照大人行为举止的刻意模仿或伪装，以掩饰内心的软弱、害怕和不自信罢了。小的时候顺从便是懂事，一旦有了自我的意识，便开始努力地追寻自己喜欢的生活方式，而叛逆的导火线往往源于胡思乱想——或许是许久没有得到父母关心，一通电

我想每个人都有适合的相处方式，有些人适合朝夕相处，有些人适合若即若离，
有些人适合永远都差一步而不能拥有。

话打来询问的却只是功课；或许是家庭有了新成员后总认为父母开始忽略自己。总之叛逆时期总是充满了负能量，抽屉里放着类似遗嘱一般的文学作品，把自己摔得血肉模糊，只是希望能够引起他们的注意；再戴上一排酷酷的耳钉，就觉得自己的小宇宙彻底爆发。当然，此时此刻不再惧怕面对这些"黑历史"的原因，不是觉得当时的自己意气风发，而是庆幸自己并没有在这条弯路上走太远。

各种误会、不沟通、我的从不辩解导致我与父亲的隔阂日积月累地加深。在他看来，我该和大多数孩子一样，按部就班地读书，考一所像样的大学；毕业后找份稳定的工作，比如铁饭碗似的国企或其他，旱涝保收，有五险一金，最好公积金再高些，买房看病都不会有太大负担；然后找一个所谓门当户对的人结婚，在老人尚能照顾孩子的时候生几个小孩；再信奉比如"百善孝为先"这样的中国古话为人生信条，我的一生基本就圆满了。

直到很多年后，当我完成了在法国的学业回到北京开始创业后，我和父亲的交流才算多了一些。从他不认为我能够脱离他的管控去生存，从他否定我所从事的行业，到后来看到我参加的某个真人秀节目，父亲才开始与我有了些联系。一开始他总在喝得醉醺醺后才会打电话向我絮叨几句，到后来他白天清醒时也会打来询问我的近况。和很多父亲面对儿子一样，父子之间似乎总有一道用尊严和不善言辞所砌成的高墙，而我们之间这道墙直到今年我的事业彻底稳定后才被推倒。

我未曾想过父亲会看那档节目，按照往常的习惯，周六的晚上父亲该是跟几个好哥们儿在外吃饭聊天。平时除了偶尔看看新闻，他几乎很少看电视，而从不会搜索节目的他还是让继母帮他搞定。父亲就是这样，他和我之间不会靠亲昵来拉近距离，但这并不代表他不会用自己的方式来关注我，很多事情的发展往往出人意料。那段时间我和父亲的沟通桥梁仍是继母，比如"老大，你爸昨儿看了你的新闻，以你为骄傲啊"之类的，当时，父亲其实一直有留意我的生活和事业。后来，父亲每次简短到不超过一分钟的来电，也逐渐由"压力太大就回家"变成"有时间就好好休息"，而好几次我都想趁着醉意跟他说些近况，他却还是匆匆挂了电话。我和父亲的沟通从未就事论事过，他不会跟我多讲你必须要做什么，更不会训诫我要付出多少努力才能获得成功，那些听起来客套的寒暄便是父亲与我沟通的方式。当我疲惫时，他在我身后甩下的空鞭子，打不到但听得到，不断鞭策着我。

我和母亲

　　我常听母亲讲起我小时候的事，她生我的那天刮着狂风，下着暴雨。由于我是早产，外祖母还没来得及从老家赶过来，母亲就被父亲和舅舅用担架抬到了医院。当天医院也不知为何突然停电了，母亲说她当时疼得实在没力气了，央求医生赶紧进行剖腹产手术。整个过程持续了快2个小时。生下我的那一刻，护士把闭着眼睛的我抱到她面前，她看了一眼说："亏得长相随我，眼睛长，肯定是个大眼睛。"可后来我睁开眼的一瞬间，母亲惊呼："这怎么可能是我的孩子，眼睛这么小！"外祖母安慰她说："这才多大，还没长开呢，长开便随你了。"这个段子我从小听过无数遍，母亲不断地跟三姑六婆聊起，我在旁边附和地笑着，心里却很是尴尬。

　　母亲是个美人，眼睛大而有神，说话做事雷厉风行，在我出生的那个小城市，绝对算得上走在前沿的新时代女性。母亲热衷于打扮自己，每天出门前定会在她的梳妆台前打扮好一阵儿，哪怕只是带我去游乐场，衣服也换了一套又一套。全家人都充当起她的顾问，然而她却早已拿定了主意，只是等着我们顺着她的意往下说罢了。每次牵着我走在街上，经过的人都会来来回回打量她。直到现在，母亲还乐此不疲地跟我转述别人对她的称赞："这哪是母子俩喔，完全是姐弟啊！"

母亲在家中排行老大，下面有我舅和小姨，随着我渐渐长大才发现，母亲的这种性格和她在家中为长女不无关系。

外祖母怀母亲的时候吃了不少苦，生下来便是心肝宝贝。在那个年代，父母多少有些重男轻女，外祖母觉得手心手背都是肉，外祖父却不能免俗。当我舅出生后，对母亲的宠爱自然少了些，母亲也需要承担起长姐的责任，难免养成了强势的大姐性格，有着自信且不易靠近的强大气场。

听母亲讲，当年她和父亲在毕业后的一次联谊活动上相识，之后父亲便对她展开猛烈的追求。但外祖父不同意，理由很简单，父亲个头不高，当时也没有正经工作。外祖父是老军人，战场上的无冕之王，在他看来，女儿必须嫁得门当户对，自己疼了二十几年的女儿不能白送出去吃苦。

母亲遗传了外祖父的倔强，非要跟父亲好，甚至准备偷偷去登记。外祖父把母亲关在家里，每天跟门神一样拄着拐杖守着，不让她离开家门半步。父亲骑着借来的自行车，从很远的地方骑到了我母亲的家门口，喊她的名字，非要领她走。我母亲死命砸门，外祖父把她推倒在地上，狠了心不让她嫁。外祖母冲上前，打开门，把母亲拉出来放她走。母亲冲出去坐在父亲的自行车后座上，父亲感激地看了外祖母一眼，然后猛踩踏板，两人朝着山路冲去。

恋爱，变成了过度依赖，却忘了在最开始，
我们是因为彼此的独立才相爱的。

我很庆幸我过的日子，是我自己
想过的样子，而不是别人想要我
过的样子。

　　母亲说，她永远记得离家那天，她紧抱着父亲，回头看渐渐远离的家，外祖父气急败坏地冲出来，骂骂咧咧却又无可奈何；外祖母坐在地上，捂着受伤的腰，笑着挥手，好像一次母女联合的大胜仗。母亲幸福地坐在父亲自行车后座上，山路颠簸，对那个年代的印象也变得模模糊糊。后来母亲买了两张去重庆的火车票，带着父亲去找母亲的外祖母，请她来当个说客。母亲年轻时为爱私奔的这股执着劲儿在我身上也有体现，现在看来我对待工作的态度很大程度上便是受到了她的影响。

　　小时候我并不似现在这般。那时的我胆小、自卑，却很愿意表达自我的想法。有一次，母亲带我去逛商场，当时身高还不及衣架高的我穿梭在一件件衣服当中，打量着各类款式的衣服，就像偷跑进兔子洞的爱丽丝，一扇充满奇幻的大门打开了。我看着母亲不断摆弄挑选着，放在身前对着镜子比试着，偶尔皱眉，偶尔欣喜。我就站在她身边，任凭热情的店员怎么拉我去旁边的儿童区，也不肯挪动一步。

孤单或热闹，坚持或放弃，得到或失去，你开心就好。

　　打小我便是在大人堆里长大的，母亲虽在外人看来有些傲气，但骨子里却保留着女性柔软的一面。我知道她喜欢的衣服风格偏简洁保守，于是我根据她的偏好挨个儿拿出适合她的衣服，就像在家中一样给她建议，旁边的店员看着也觉得有趣。而我这样的行为也颇得母亲喜爱，每次帮她挑选的衣服总能获得称赞，到后来我们自然形成了一种默契，也因此有了更多交流的机会。

　　从某种意义上来说，母亲应该是我入行的精神导师。我虽然从小就对画画感兴趣，但一直没有接受过相对系统的训练。后来我想去文化宫学国画，母亲便帮我报了周末班，当时并不懂得什么叫作服装设计，而画画这门手艺一学就是 10 年。直到我上了高中，班里的同学大多选了一门特长，以便高考时多一条出路，而我自然选择了美术。接着便开始了自己找培训学校的道路。先是打电话询问好时间和价格，再把所有的资料准备好后，便去找母亲商量此事，她同意了。那年我 16 岁，一个人拉着箱子来了北京，从破旧的南苑机场走出来的时候，我一度怀疑自己来错了地方。给母亲打了电话报平安后，我拿出我的小本儿，照着上面的地铁路线图从机场去往学校。而这一切的准备工作母亲并没有过多插手，在她看来这些不过是生命旅途中不可绕过的纸老虎罢了，她更愿意让她的儿子自己战胜这些，而我这个小大人也没让她失望。

　　北京的美术培训班恰好挨着北京服装学院，我经常能在午间休息的时候看到街上穿着入时却一脸学生模样的路人，可我当时只是以为北京人都爱这么打扮罢了。直到后来机缘巧合，我跟同学闲逛到了北服，才知道原来真的有门课程叫作服装设计，也确实有个职业叫作服装设计师。接下来的一段时间，我像着了魔似的每天泡在培训班周围的网吧里，在电脑上从"服装设计"这几个字开始搜寻，再到"时装周"，到"纽

好多人，用尽了全力在一起，却忘了好好告别。
而我，想珍惜每一次对你说"再见"的机会。

约", 到 "伦敦", 再到 "巴黎"。因泡网吧还被老师点名批评过好几次, 这完全颠覆了我在同学眼中的乖学生形象。在那个空气污浊、人声嘈杂的网吧里我发现了此前从未接触过的事物。而决定留学法国主要是因为相较其他国家, 去法国相对便宜些。我试着联络各种类型的留学机构, 并把我搜集到的信息全部汇总在一起, 一切准备妥当后便跟母亲打了电话聊起出国之事。她并没像之前那样立马表态, 我也明白, 出国并不像来北京那么简单, 需要考虑的问题更复杂, 而我当时也才刚满 17 岁。

真正的难题是我父亲。在他的心目中, 无论是去北京学画画, 还是去法国学设计, 都不是一个男人该走的正途。那些年, 我和父亲并未有过深入沟通, 甚至, 父亲觉得我连法语考试都通过不了。但出国需要父母双方签字同意, 在这件事情上母亲帮了我很大的忙, 她亲自跑去和父亲讲理, 当然嗓门儿大了些。

后来听母亲讲, 父亲对我的选择向来不支持, 他一直认为我是在攀比和爱慕虚荣, 并没想真正地好好念书。对于思想略为保守的父亲来说, 服装设计就是一个小众的职业, 有钱人才能挥霍得起。母亲听了当然很火大, 当场就跟父亲大吵一架, 这也刚好合了父亲的意, 忙说, 看吧看吧，你们娘俩儿就是这样，想到什么就非得去做，过普通老百姓的日子不好吗？得认命。最终，父亲还是拗不过母亲，问题得以解决。

17岁那年我南下去广州学了半年法语，再辗转到了法国。我和母亲有个默契或者说不成文的约定，无论身在何处每天都会通个电话，闲言碎语大事小事什么都聊。也正是在这隔着十万八千里的沟通中，我听过她像小姑娘似的跟我聊起外祖母的趣事儿，听过她用严肃的口吻和我讨论我即将开启的事业，听过她筋疲力尽地说着工作的不顺心，也听过她虽生病却更显铿锵有力的坚持。虽看不见她，但能透过这样的交流感受到对方每天的情绪，直到我的品牌出世：献给强势女人的温柔设计，强势和温柔便是用来形容像她一样的新时代女性。

和大多数父母跟子女一样，虽然在每日的电话里一片和乐，但也免不了见面时的争吵，我尽量增加回家的频次，但每次只住两三天，这很好地避免了因生活琐碎而产生的矛盾。之前我和父亲对母亲的强硬还偶有抵抗，尽管每次都以失败告终；但和继父生活在一起后，我还没来得及去结盟，便发现他早已被母亲招安，别说联手抗衡，就连一点隐瞒的心思他都不敢有。

舒服，是最好的状态。

　　有一次我过年回家，正巧遇上母亲外出，回到家见家里没人，估计继父晚上也不会回来了，便邀请了一个发小来家里玩儿，没想到发小顺便带了一只"汪星人"，这着实吓了我一跳。倒不是我怕狗，是母亲向来不喜欢宠物，而且她有轻微洁癖，无论我小时候如何恳切地央求她养一只宠物，她都会断然拒绝。可当时家里只有我自己，盘算着在母亲外出回来前收拾干净便好了，加之这毛茸茸的小家伙很是听话，既不乱跑也不乱叫，我便让发小带它进了屋。

　　和发小好些年不见，聊起旧时趣事我俩都很兴奋，可就在这时，突然传来开门的声音，我俩原本舒服地靠在沙发上，一下子便弹起来直直地呆坐在那儿。我预想如果是母亲提前回来，必会招来一通责怪，大脑瞬间开始高速运转，却实在想不出任何办法应对。待看清走进来的是继父时，才长长地舒了一口气。

　　继父见到小狗并未多说什么，我知道他心里也喜欢宠物，况且他还认识那条小狗。继父唤它的名字，它扑腾一下就往继父身上蹿，逗了它两下，继父便回卧室休息去了。发小看我紧张的样子也没多留，我一边收拾屋子一边感叹自己还算幸运，心想这件事也算翻篇儿了吧。

可第二天一早，我接到了母亲的电话，从她一开口的语气我便知道接下来要发生什么。不出我所料，她在电话那头把我数落了一番，顺带把好几年前的事也翻出来再讲了一遍，而我从头至尾都一言不发，那一刻我满脑子都在想"为什么"。

或许很多时候，大人的愤怒，并不全因为眼前所发生的这件事，还因为他们的预期未被满足。父亲期望我按照他设定的道路去选择，他可以最大限度地去保护我；母亲期望我遵从她的习惯去保持整洁的家庭环境，以免继父对我心有不满；继母和继父则期望我能严格地执行父母的要求，毕竟他们很难找准一个平衡，支撑起错综复杂的人物关系，而这样的选择最为稳妥；而我期待作为一个独立的个体，得到他们的平等对待、信任与尊重。

当事情未能如愿时，很多人会因此而愤怒，而初衷只是想通过愤怒来使事情的发展还存在于自己的掌控之中。除此之外，为了满足自己的期待，他们常会选择用严厉呵斥、批评、惩罚等方式来控制对方，似乎用这样的方式，就可以消灭错误，可以杜绝类似状况的发生。有时候，这种策略的确是有效的，但更多的时候这种有效只是暂时的，越是愤怒，越是得不到想要的；越是不想要，却越是发生了，因为被斥责的一方久而久之便会本能地进行抗拒，于是，双方都跌进愤怒的恶性循环中。正如当时父母眼中的我多有叛逆，而幼时的我也只能选择较为激进的方式来表达自己。

在婚姻关系里，两个企图控制对方的人如若不能完全地掌控对方分出胜负，便会因此疏离。父母和子女的关系也是如此，中国大部分的父母都习惯性地站在爱的制高点上企图用经验和教条"绑架"子女，子女一旦有了与之抗衡的苗头，便成了叛逆。表面上是那个过错的性质十分恶劣，其实不然，往往是父母习惯用"恶习必须扼杀在摇篮里"的思维来设想结果的可怕。比如，养成了贪玩儿的习惯，养成了随意丢垃圾的习惯，等等。只因期待过高的大人们会事先幻想其后果十分可怕，会令人追悔莫及。然而，仔细想一想，这或许只是一种杞人忧天的可笑设想罢了。说到底这样高标准、严要求的期望不过是用一堆冠冕堂皇的话和各种莫名其妙的脾气来粉饰自己内心的欲望，既折磨自己又使别人痛苦的责骂惩罚，无论这期望的出发点有多高尚，如若没有以对的方式去表达，最终只会陷入恶性的循环之中。事实上，所有的过错并没你想象中的不可收拾，只不过需要纠正一下孩子的小错误，只不过重新收拾一

下室内的垃圾，只不过损失了一件衬衣，只不过又出现了一次小小的意
外罢了。

　　长大一些的我们，越来越成熟，越来越独立，再回头时，时常会
发现父母在责怪我们的时候也在自责，当年的他们会如此或许只是希望
我们至少能够成为比他们更好的人吧。如果我们先学会轻松地对待自
己，从莫名的恐惧中走出来，一旦看到事情没有想象中那么恶劣，我们
便可以柔软地对待自己，获得自在舒适的感觉。在此基础上，我们对别
人也会更加宽容。轻松的氛围反而更容易把事情处理好，紧张的气氛才
容易出错。一旦你开始幽默地对待自己，便能宽容地对待他人，所谓的
过错便真的会减少很多。当我们开始学会爱自己时，当我们不再将自身
的恐慌强施于别人时，才能感受到真正的幸福与富足。

　　正是在这段频繁交手的过程中，逐渐地形成了我与母亲的相处之道。当需求变少，欲望变小，努力营造自己的小世界、小环境时，得到幸福和满足感是非常容易的事。直到现在，我和母亲依然保持着每天通话的习惯，而在相处的过程中，也逐渐地卸下原本的身份，更多地享受着独立且彼此尊重的关系。

我和"姐夫"

"姐夫"并非是我姐的丈夫，而是我一个非常重要的朋友，因为英文名叫 Jeff，所以叫他"姐夫"。

很多时候友谊并不一定关乎时间，这其中真正微妙的在于，我们永远都在彼此诉说着自己的人生，却从来不会成为彼此话题中的一员；我们永远都在各自的世界努力，却极少走到对方的道路上干涉彼此的生活；我们没有共同的利益，但有相似的喜怒哀乐，我们会把自己的人生经历变成对方的精神慰藉。

"刚刚好"这三个字刚刚好形容了我和"姐夫"的情谊。

刚刚好，在我刚回国的时候，我只身一人来到北京，没有朋友，也没有圈子。那时品牌刚成立，心想着要快一些打开知名度，便在网上搜索起国内公关公司的信息。当时我对公关行业的认知还处于道听途说的阶段，只能靠网络上的讯息做出浅显的判断，用自己有限的眼界去分析。之后我选择了"姐夫"所在的公司，并向他们公司的公共邮箱发了一封毛遂自荐的信，便有了第一次相遇。

刚刚好，在我和他第一次见面时，我说出了那句"我的青春从四十岁开始"，那是我的一个决心，后来也成了他的信心，他在黑板上写下了这句话，并告诉他的同事们，他要帮我这个小孩儿把品牌做起来。我们的第一次合作由此开始。

刚刚好，当我正要将天真的自己武装成成熟模样，当我还是一个不了解时尚行业的初学者时，"姐夫"作为我认识的第一个圈内人，帮助我少走了许多弯路，也没有偏离自己最初设定的轨迹。我曾想过，如果太过天真定会栽跟头，而太过现实，便很难走得长远。虽说天真通常被当作贬义词使用，尤其是放在一个成年人身上，那多半是说你缺乏经验，幼稚并且可笑，所以我们通常会努力地摒弃天真，竭尽所能地把自己包裹起来，哪怕外熟里生，也要伪装成圆滑、世故的样子，害怕让人一眼便看穿。但有的时候，天真也意味着执着和无畏，天真的人看待事物总会带上些理想主义色彩，简单而诚挚，总是信任未来，而这正是许多现实主义者所欠缺的。

开心和不开心的事有很多，只是今晚我刚好遇见了你。

　　和"姐夫"认识的这些年，我们一年见面的次数不超过五次，但每一年他生日当天我们总会相聚，不需要备忘录的提醒，即使身在外地我也会提前赶回北京。平日偶尔通一下电话也多是我主动，通话时长一般情况下不会超过一分钟，但"姐夫"却是我真正重要的朋友。他永远站在旁观者的角度，却也成为与我齐头并进的人。

　　有的友谊像速食面。很快便能走到一起，谈天说地，成为知己。但时间一长，彼此有了各自的生活轨迹，或是相隔两地，关系便会慢慢疏离。一开始坚信这份友谊绝不会因距离变异，而彼时，就算是偶尔的问候都只是敷衍两句时，便心照不宣地承认这情谊已经渐渐生疏了。我和"姐夫"，更像是两杯白开水，即便平时不常联系，但见面时的一句话，一个表情，就能明白对方的心意。在低落的时候互道关心，在幸福的时候各自前行，永远是两个独立的个体，保持着一段舒服的距离。

　　在这两三年间，我有过迷茫，也犯过错误，"姐夫"从不会当面指出。每次在我反省之后，便会给他打个电话，听听他带有欣慰的开导。我意识到其实他都是知道的，他或许早早就发现了一些问题，不说是等着我自己去思考，亲身去经历，如此才会有更为深刻的体会。他把这些都看在眼里，默默地保护和支持着我……

我们称之为朋友的人很多。人与人之间的交际，是生活中非常重要的一部分，但人不能永远周旋于各种交际之中。到头来，我们所对外展现的匆忙和充实，并不能掩盖内心的空虚，导致这样的落差更是无处排解。实际上，更不可或缺的是，保留自己独处的空间，而这片空间在一定程度上比整日无谓的聚会更为重要。交际是以言语带给他人愉悦，而独处是以自省带给自身安定。即使是朋友之间的相处，若能在这一点上达成共识并相互理解，那便会是这份友谊中最令人宽慰的一部分。能独处的人有强大的内心，不善交际固然是一种遗憾，但它可以从各方面得以弥补；而耐不住孤独的人，内心是空虚的、没有依靠的，往往很难在一条路上走得长远。

独处是一种很奇妙的能力，刚刚好，我和"姐夫"都是需要独处的人。其实独处与一个人的性格完全无关，爱好独处的人同样可能是一个性格活泼、喜爱社交的人，只是无论他怎么乐于与别人交往，独处始终是他生活中的必需品。在他看来，缺乏交往的生活并不会令他不安，但如若缺乏独处，生活则简直是一种灾难。长期以来，我和"姐夫"既维系着友谊，又从不占领对方独处的空间，"姐夫"变成了一种不依赖、却能使我保持清醒的存在。

具备独处的能力并不意味着不再感到寂寞，而是安于寂寞，并使之具有创造力。说一个人寂寞，往往分为三种状态：一是惶惶不安，茫无头绪，百事烦心，一心想要逃出寂寞，这种状况下，人是被动的，而且极有可能感染上负面情绪；二是渐渐习惯于寂寞，安下心来，建立起生活的条理，用读书、写作或别的事务来驱逐寂寞，如此，人跳脱了浅显，渐有与寂寞抗衡的能力；三是将寂寞本身化作一片诗意的土壤，一种创造的契机，诱发出关于存在、生命、自我的深邃思考和体验，这样的人不多，他们往往内心强大且不会轻易动摇。

独处是灵魂生长的必要空间。在独处时，我们从外界的人和事中抽身出来，回归自己。这时候，我们独自面对自己的情绪和思路，开始与自我的对话。这种对话有趣却难控制，毕竟处理自己的思路并非简单之事，不过最终你面对的，都是自己最真实的意愿。大概一切严格意义上的灵魂生活都是在独处时展开的。和别人一起谈古说今，引经据典，那是闲聊和讨论；唯有当自己沉浸于喜爱的作品、文字当中，才会有真正的心灵感悟。和别人一起游山玩水，四处踩点，那只是旅游；唯有自己独自面对山和大海之时，才会真正感受到与自然的沟通。

世上没有一个人能够忍受绝对的孤独。但是，绝对不能忍受孤独的人是灵魂空虚的。这类人最怕独处，对他们来说，这就像是一种酷刑，他们宁愿将时间用来关注闲杂琐碎。只要闲下来，他们便需要找个地方消遣。他们的日子表面上过得十分热闹，实际却是极其空虚的，他们所做的一切都是在想方设法地避免看见自己。

我和"姐夫"的这份友谊，以我们彼此的独立为前提。而如今社会中许多人习惯性地把友谊作为交际的筹码、商业合作的基础，却丢失了当初最自在和纯粹的那部分。最珍贵的友情并不在于相处时间的长短，能带来多少物质的收获，或是能让外人见证有多交好；而在于有距离却依旧亲密，彼此独立却又互相关心；正如我和"姐夫"之间的情谊。

伪成熟

　　小的时候，我们总喜欢趁着父母不在家时偷穿他们的衣服，总喜欢偷听大人聊天，尝试着模仿他们的言谈举止，总喜欢在每次玩过家家的时候抢着扮演成年人的角色。那时候的我们还没有成熟这一概念，只是觉得好奇，所以我们会牢牢地记住每一个不曾见过的事物，以及我们听到的那些大道理。当我们开始慢慢地对它有所领悟，便开始期待大人们用"成熟"来形容自己，胜于"懂事""听话"之类的夸奖。

　　后来，我们谈过恋爱分过手，在失恋的那些天听过一些苦情歌，也把自己灌醉过。在一段段死去活来的爱情里，我们花时间从那些凄凄惨惨戚戚的心灵鸡汤里寻找共鸣，查看大量的星座解析，收藏各种各样的恋爱手册。然后依据这些来源不明的别人的经验或假设，给自己设下条条框框，好让自己不再受到伤害——远离某某星座，如何对付某某星座，该如何"吃死"某种血型的恋人……尔后，便自以为成熟了，可在接下来的几段恋情中还是可能会重蹈覆辙。所以，我们尝试用新的方式总结教训，尽量去避免再次受到类似的伤害，直到它们重合的部分逐渐变小，终于，我们不再犯同样的错误。

但回头想想，从某种意义上，我们所认为的成熟不过是相较他人而言的，或是自己潜意识里的幻想。而成熟这两个字越来越像是一个虚拟的盔甲和外壳。人们用这个盔甲抵御别人的欺骗，藏在这个壳里逃避爱情的挫败感，以及逃离生活中的种种不如意。似乎成熟可以让我们显得更强大。但事实上，在别人面前尽力表现强大的人，往往隐藏着最为柔软的内心。谁又能保证白天洒脱欢笑、总是保持正能量的人，没有夜阑人静独自流泪的一面？

　　有趣的是，很多人步入老年之后，反而会做出一些违背其年龄，看来可笑的事。这也印证了"越活越回去""老小孩"之类的说法。难道是因为他们得了传说中的老年痴呆症？并不尽然。人年龄大了，看得多，经历也就多了，反而越来越不在乎别人怎么评判自己，自己活得洒脱才是硬道理。这也难怪古人会把"不以物喜，不以己悲"作为人生的最高境界。

　　小的时候我们努力让自己看起来成熟；中途偶遇了爱情和事业，我们以为自己慢慢地成熟了；而到老了倒无所谓了，随心所欲，爱做什么就做什么。到头来才发现，其实一直以来我们不过是伪成熟。

很多人仍将错过，很多事都没结果，感情也是一错再错，很多承诺也只剩如果。

老板活该员工应该

　　我从没想过我会当老板，我从小的愿望是去流浪。我不喜欢给别人添麻烦，也不喜欢给自己找麻烦。我希望一个地方接着一个地方盲目地行走，途中遇见的人统称为有缘人，不刻意透支，趁缘分还未用尽便离开，过得轻松惬意。

　　但很多事却由不得我们选择，也由不得自己的性子。当你靠着自己的能力迈出事业的第一步，当你试探前路才知晓，原来一个人的能力和精力是有限的，你需要与和你有共同的想法、步伐一致的人一同前行，你不得不考虑他们的情绪和生活。你需要不断学习才能当好一个掌舵者，你需要不断拓宽自己的眼界让这个组织良性地发展并壮大，你不能禁锢自己的思想，也不能忘怀自己的初衷，这就是老板。我把自己形容为一辆在一条不设出口的高速公路上疾驰的跑车，可偶尔停下加油，但没有退路，这虽不是自己最初想要的生活状态，但也符合我的个性，有多难先做了再说。

最穷的一次，银行卡里只剩 6 块钱。为了省钱我一直住在工作室楼上的储物间。一张床，一个二手市场买来的衣柜，到我搬离时，那股劣质的油漆味还未散去；房间没有窗户，只能趁同事下班后，打开门透透气，我在那个狭小且空气浑浊的房间里待了一年，而当时公司还没开始盈利，只雇了两名实习生。

还没到供暖的日子，天却提前阴冷，我躺在工作室的沙发上裹着服装面料和棉絮。刚给员工发了工资，便收到了他们的离职短信，这一切都在意料之中，只是他们的离开，意味着从明早开始我将回到最初一个人打拼的状态。我给朋友发了条微信，只说，快来找我，顺便买点吃的，我懒得下楼。那一刻的想法就是，吃点东西，聊点开心的，然后睡觉，明天继续干活儿。

第二天一早，我给一直拖欠尾款的客户打了电话。之前一直交由我的同事与客户联络，我教他们要有礼貌、有耐心，但我明白他们之前的焦虑，一方面知道公司现在急需这笔钱，另一方面作为刚出校园的新人并不懂得如何谈判，所以这笔钱一直被对方以各种理由拖欠着。对方听到是我，言语稍有缓和，但还是故作忙碌让我再宽限几日，而我下定决心要在今天收到这笔钱，不然我真的就要饿肚子了。对方听出我言语中的强势，搬出了财务出差的借口，我便应道，财务没时间处理这事，你的法务应该没出差吧，如果下班之前这笔钱还没到账，我只能直接与你的法务联络。不出意外，下午我准时收到了尾款，紧接着我提前交了当月的房租，跟房东说我最近会出差，房租提前给，他自然是开心的。其实，是我生怕会再次出现这类状况，而我并不愿亏欠任何人。

我坐在办公室的椅子上发呆，这把老板椅也是在二手市场买的，商家说是八成新，结实得很，结果买回来没两天，一个轱辘就坏了。好在从小独自生活惯了，这类生活中的小问题还能应付。每当遇到类似不顺心的事，我便习惯一个人待着，想着为了催款而委屈、因为看不到发展而离开的那两位同事，我在纸上写写画画，实则也是在告诉自己：吸取教训，重新出发。

我开始在各类招聘网上发信息，收简历，安排面试。每一个到工作室来应聘的人都忍不住来回打量，的确，那像极了一间皮包公司。有了之前的经验，与面试者的沟通自然也更得心应手，在你来我往的问答环节中让他们消除了些许顾虑。只是很多人好奇，这间公司只有你一个人吗？我说是的，如果有缘，你将成为第二个。

无论工作中还是生活里，分别都在所难免，每当有新同事入职我都会打趣说："记得你们来时的模样，如果要离开也请保持现在的状态。"无论为何种理由离开，我都希望对方至少是平静且感到满足的，毕竟任何一段经历和关系，都不可能完美，铁轨都有缝隙，何况是人与人之间，更何况是彼时一个小小的创业公司。

当时，我每天的工作内容便是跟公司里的每一位同事沟通，与他

只要你选择做一个善良
的人，那就要做好被欺
负的准备，只要你想明
白了这点，那就去做。

们分享我试错纠错换来的经验。每天在设计师、财务、裁缝和老板中不停转换自己的角色，我忽然发现，自己的身份更像个大家长。虽然我跟同事们的年龄相仿，但他们对我却有更多的依赖，每个人都很享受这样的工作氛围，因为哪怕是做错事，我也很少责怪。

然而，事情并没有向一个更为良性的方向发展，他们的状态一直停留于此。温室总会让人倦怠，没有压力和责任，只会换来表面的昌盛。

小杨是我主动开除的第一个员工，也是跟我最久的一个。刚入职的时候，我觉得这小女孩很淳朴，言语不多。毕业生虽热情高涨但不懂得工作的条理，也是因为这样，小杨每次的工作总不能按时完成，如果身边没人盯着，最后完成的东西也都是用力但没用心。后来的好几次加班我都陪着她，我坐在她旁边一笔一笔地修改讲解，她很用力地在接收每一条信息。每到活动的前夕，我都会和她一起工作到深夜，把一些看似过得去的方案反复修改。公司那时候都是新人，而我每一次都点名让她来和我共同完成。我知道她心中多少会有怨言，但也正是因为高强度的反复磨炼，她比其他人进步得更快。

一次重要活动的前几月，在我跟对方工厂已就前期方案讨论完毕后，我把一个很重要的设计开发工作交给小杨推进，临近活动的前一个月我和她反复确认当天需要的物料是否已准备好，她机械性地点头说没问题。但活动的前一天早上，当我向她最终确认时，她才告诉我这批料生产时出了问题赶不及了。我立刻联系工厂，让他们务必在中午前做好，并托当地朋友亲自带着东西飞到北京，凌晨 1 点看到朋友人肉背来的物料时，所有人都大为吃惊，质量全部不合格，可离活动开始也就不到 10 个小时。我马上就地开了紧急会，但还是没有讨论出一个代替方案，这件事便也就搁置了。第二天活动还算是顺利完成，虽然在我看来因为此事而并不完美，但毕竟大家也都已尽力，便没再多说。

活动结束后的第二天晚上我请大伙儿一起吃饭，席间我对小杨说："你明天休息一天吧，记得之后把活动的商品清单罗列下，客户等着要下单呢。"她说："啊，我已经买好回家的机票了。"我当时很诧异，毕竟我们办活动的目的是通过发布服装，吸引顾客下单。她接着说："之前办完活动我们不是都放假吗？我以为这次也是。"我问她回家多久，她答 15 天。我只好把需要完成的工作暂时交给别人，而所有的产品信息之前都是小杨负责，也并未做过整理，这导致接手的那位同事颇有怨言，她需要在一堆杂乱无章的材料里整理出一份详细的清单。15 天后，小杨回到公司，我把她叫到我的办公室。说实话，当时我的确不知该如何开口，但这无法启齿的话却不得不说。就这样我开除了小杨，我希望她能到竞争更为激烈的公司去锻炼。毕竟有很多问题的确是因为我的心软没能责怪，才导致他们存了凡事都有我来善后的意识。

因为小杨的离开，公司老员工间暗地里有了诸多闲言碎语，大多觉得我太小题大做。可作为一个公司的老板，我不仅需要理解并照顾老员工的情绪，同时还得站在大局考量，为新来的同事立下标杆。

没过多久另一位老员工主动提出了离职，我没多做挽留，只是过了一段时日听到同事转述他的话："我觉得老板变了，开除小杨这件事我就不理解；现在他也不常来找我们沟通，反而跟新员工频繁开会，或许他不需要我了吧。"听完同事委婉的转述，我拿起笔第一次给这位员工写了一封信，当然也是写给所有在这里工作过、努力过的同事：

亲爱的 ××：

抱歉，你准备离开公司的时候，正是我最忙碌的时候，因此没能坐下来好好地跟你聊聊，没能给你需要的安全感和袒护，才给你留下狠心的印象。我只能利用这夜半三更的空闲写下这封信，希望能减少些你的委屈，消除些误会。

我和你年纪相仿，生日也就相隔了几天，除了在公司扮演的角色和我们之前的人生轨迹略有不同外，其余很多地方我们都很相似。

都说"90后"是个特殊的群体，有人爱我们的敢想敢做、思维活跃、天马行空，有人讨厌我们的有始无终、过于善变、太过娇气，无论外界如何评论，我们的确生长在这样一个发展迅速且信息爆棚的时代。从我们出生时几乎没有任何交流工具，到后来出现 BP 机、手机，再到现在的智能手机；从当初为了一款小玩具就跟父母斗气，到现在能够在互联网上随意地买到任何你想要的物件。从无到有的过程我们只花费了十几年，然而在我们快速地认知、适应并且欣然接受的背后，因为过快得手而激增的欲望，或因为信息大增而得以拓宽的眼界，造就了我们之中过于极端的几类人群。但在我的眼中，你仍然和我最初认识时一样，内向并且倔强。

当时你刚出校园，是我把你招进公司的。那时公司才刚搬到现在这个500多平方米的工作室内办公，一切都是新的。也正因为此，不少老同事都用幸运来形容你们，不必像从前两人挤在一个工位上，不必每天都要穿过那狭长阴暗的过道；现在有一个较为舒适的工作环境，甚至连平台和资源也没当初来得那么困难。

你是以设计师助理的身份入职的，但在后期的工作中，我们发现你的设计功底还不足以胜任这个岗位，于是在你实习期满的两个月后，我找你谈过一次，建议你换个部门先从版师助理做起，跟着总监多掌握些实际的本事，闲时也可以跟着我，多去看看增加眼界。可没想到我话没说完，你便开始啜泣，这着实吓了我一跳，我没曾想过一个大男人会因此掉眼泪。

后来你告诉我，你原以为这是要被公司辞退的前兆。可你误会了我的本意，按照我的想法，只要是踏实、努力的同事，我们都会尽力培养，哪怕是现状还不足以完成好手头的工作，我们也希望尽可能多地按照你的职业规划去提供实习的机会。谈话结束后你说要回家考虑两天，再后来你托同事转告我说要离职。在此期间我曾给你发过一次短信，并希望你好好考虑，你说已经买好了去旅行的车票，我也就没再过多挽留。没过几日，你托之前的同事转告我说想回来继续工作，想试试最初和你协商的工作安排，但那时我十分犹豫，担心你会再次改变主意。就像我开头说的，我们有很多地方相似，对于人与人之间的感情看得很重，但这毕竟是公司，不是来去自由的场所。后来你主动打了通电话给我，电话里我第一次听到你那么坚定的决心，你敞开心扉地跟我聊起你的想法和转变。我也替你去跟同事协调，末了便同意让你回来继续工作。为了让我们看到你的诚意，你毫不犹豫地签下两年不离职的合约。

从版师助理到我的助理再到副线品牌的组长，你一路成长得很快，也真的让我为当初的决定感到开心，在你身上我看到了很多方面的天赋。其间虽然你也曾犯过错，有过虎头蛇尾的状况，甚至有过抱怨，我都看到听到并且感觉到了，但我并没当面指出，因为我知道"90后"的小孩大多好面子，我希望你能自己总结每一次的经验教训。可现在想想或许是我错了，如果早些指出你身上存在的问题，或许就能避免你和团队之间的隔阂和不信任，也就不会让你的自尊心无限地膨胀。

有很长的一段时间你带领的小团队是公司支出及消耗最大的团队，当有同事向我反映时我都选择站在你这边。毕竟那是一个完全陌生的项目，前期的成本可能会偏高，只要有过两次经验便能控制了。但几次尝试下来，这个问题不仅没得到改观，还造成了你的团队以及其他团队的同事每天熬夜

加班，最后仍然没有成果的状况。我
知道你当时的压力很大，想着做完这
次我便抽空找你好好聊一次。在你离
职前几个星期我第一次向你发火，当
时我在外地出差，没能跟进你们拍片
的进度，但就是这一时的疏忽，后来
得到的反馈是，你们并没对拍片做好
充分的准备工作，以致公司上下配合
你做出来的东西，最终不能够被好好
呈现，由此产生不了任何价值。当时
你没有一句解释。

后来公司逐渐来了许多新同事，
而我来公司的次数也没有之前频繁，
不能像之前只有几个人时那样每天陪
在你们身边，坐在你们旁边，手把手
地教你们每个细节该怎样改进。更多
的时候我在外谈项目、应酬，陪客户

喝到半夜才回家。为了公司的发展，我必须对之前的状态做出些许改变，或许正是这些变化让你觉得我并不如从前那般重视你，但这是公司的出路，我得以一个老板的身份去做更为全面的考量，以满足这日益壮大的团队。

成为设计师一直是你的梦想，但就像我面试你时说的那样，想成为一个设计师，仅会画几张图是不够的，你得知道用什么面料才能达到你想要的效果；你得学会和版师、制作师沟通工艺；你得学会和面料商谈判、核算成本；你得在前期做好充分的计划和安排，保证环环相扣，每个参与配合的同事都明白你的设计思路和细节；你得学会评估每件衣服的价值，学会与媒体和客户打交道，学会把自己的产品推广出去；甚至你要学会写文案，用文字去描述你的创造灵感……在你入职之前，在我一个人刚创立品牌的时候，我尝试并学会独自完成这所有的一切。

第一次你提出离职我劝你留下，后来你再一次让同事转达你要离职的消息，我没有像第一次那样挽留你。后来同样是听他人转述，你向他们提到你现在就职的公司，抱怨公司拖欠工资，我想说，无论如何，我都希望你能以一颗平常心去对待你的每个老板，不要在内心有过多的抱怨和比较。当你在做出某个选择的时候，便注定会失去另一些机会，但只要按照自己的计划和方向行走，那每一段经历都会成为你人生道路上至关重要的收获。

诚然，很多人也许奋斗了一辈子都不会有太大的改变，也许他们使出全力也没能被伯乐发现，但至少他们有做梦的勇气，而不是丢下一句"努力无用"然后心安理得地庸庸碌碌生活下去。你不应该担心你的生活即将结束，而应担心你的生活从未开始。

当初我在追逐梦想的时候，也曾想过那些梦想并不会实现，可我还是决定先付出行动。我能理解一个刚踏入社会的应届毕业生在北京这样的大城市生活压力有多大，拿着自己微薄的薪资，和陌生人合租一间房，每天挤地铁换乘公交上下班。你们大多都是独生子女，在此之前也都没有经历过社会历练没承担过任何压力。可大多数的人和你们是一样的，包括我也是，当时，我也是一个人，拎着两个大箱子来到北京，两眼一抹黑谁都不认识。但我知道我的目标，我知道要按照计划一步一步去实现梦想，没有钱就先做别的努力存钱，有了这笔钱我可以做什么让它变得更多，而不是把时间浪费在攀比和埋怨上。

　　人们时常埋怨生活，埋怨社会，甚至时代，总认为是这些大环境造成了自己多舛的命运。其实，生活中那些常被忽视的微小东西对人的影响才是最巨大的。也许正是它们造就或毁掉了你，而你却不知道。在这个过程中，我也经常不被人看好，常被别人说成背靠金主，但即便那时，我依然会拒绝一些机会，拒绝那些和我的设计理念不一致的客户，虽然我很需要这笔钱，但是我更清楚自己要做什么，要做的东西是什么样的。就像你们有时不理解，为什么一些明明可以赚很多钱的项目，我反而不接，明明公司当时都快撑不下去了我依然坚持着一些可笑的原则。我希望你们明白，品牌是我们的核心，如果因为眼前的诱惑就出卖自己用心经营的品牌，那注定会因小失大。失败没有什么可怕的，可怕的是从来没有努力过还怡然自得地安慰自己，连一点点的懊悔都被麻木所掩盖。没什么比自己背叛自己更可怕。

就像你觉得自己胖就去减肥，身体弱就去锻炼，设计不好就多加练习。也许经过一万次尝试之后，你和我一样仍然有些许的自卑。但至少，我们终于能够坦诚地接受这个不完美、有些胆小却总在进步的自己，这个社会总会提供给你解决问题的方法，就看你是否能坚持到那个时候。

我和你一样曾经是一个很自卑的人，身材比同龄人矮小，当周围的同学都穿着当年流行的阿迪达斯和耐克的时候，我只能在童装店里买大号的衣服。我羡慕那些成群结队在操场上踢足球的同学们，而我永远是躲得远远地看着。尤其是体育课，我总趁着自由活动的时候躲进教室里睡觉，说是睡觉，可哪里能睡着呀，只不过是给自己的自尊心找一个借口罢了。升旗仪式我也总是站在第一排，我总想逃避这个时刻，所以东躲西藏。除此之外，我还不会唱歌，不会跳舞，不会任何

乐器，几乎没有任何特长。总之，这样那样的原因让我无比
自卑。语文老师让同学们上台朗读时，是我最恐慌的时刻。
我能感觉到自己在不停地打哆嗦。台下几十双眼睛，每一道
目光都像探测灯，让我的紧张和心虚一览无余。直到后来我
尝试着学钢琴，学声乐，学朗诵，虽然还是会怕，但至少我
强迫自己战胜心魔迈出了第一步。

再后来，我一个人到北京上学，因为我想走出那个小城
市，想去看看外面的世界，也想克服内心的自卑。直到现在，
面对媒体的采访，面对人多时的应酬我还是会紧张，仍旧不
会主动与人交谈，但终究我不再逃避了。反而在这社交过度

走不通，想不透，换个角度，一切照旧。

的圈子里，有人能记住那个坐在一边不吭声的我。所以，不用畏惧前路的艰难，也无须为了社会把自己包裹得现实，最终你会找到一种适合自己的方式生活，前提是坚持。

我记得你曾问过我："你是如何让自己内心变强大的？"我回复了一段简短的话："受伤，总好过没尝试。我当然不是天生就内心强大，不过是在一路走来的过程中，总结了这些所谓的要义。如此才有了些底气，去坦然面对他人那一双双犀利的眼睛，从容应对他们的各种问题和质疑。所以，克服自卑、懦弱和紧张的方法，不过是通过对自己的磨炼，变成一个更好的自己，变成一个让自己心悦诚服的自己。"

前几日，我委托同事告诉你公司马上要办年会的事，我希望你能回来跟大伙一块聚聚，无论你是否还在犹豫，都希望能见到一个平和的你。忘掉那些你曾自以为的委屈和怨恨，也忘掉你雄心壮志时签下的两年不离职的合约，好好珍惜在一起的时光便好。

祝好

我用真心对你，但不执着于你，活在缘分中，而非关系里。

　　之前看到林建华的关于老板不易的演讲深有感触，但等我从他的演讲中抽离出来回归理性时，我反倒觉得老板活该。这本就是一个不讨好的职务，就像念书那会儿的纪律委员、学习标兵，如果你想对得起这个称号，那就必须得承受别人的误解甚至恶语相向，如果老是以不易来换取别人的理解和同情，把自己的委屈过于放大，那很容易陷入自怨自艾的局面。作为一个老板、一个公司的核心，本不该有这样的情绪，如若带着此种情绪去面对工作、面对同事，只会让问题越来越多，同事和你之间的嫌隙便会越来越大。老板活该，并不是自嘲，而是一种洒脱。能从过往的教训总结经验，从别人的长处中反思自身的短处，这才是一个老板需要做到的基本点。

　　员工应该，就是应该踏实工作，或许你受传统的教育模式影响，努力地考上了心仪的大学，混混沌沌潇潇洒洒地度过了 4 年无忧无虑的时光，你拿着那张靠你之前的付出换来的一纸文凭，在社会这个大市场里挑肥拣瘦，叹千里马寻不得伯乐；但归根结底，是你没有自立门户的魄力和勇气。或许你的学历足以让你的父辈在朋友面前炫耀好些年，但比起那些经验比你丰富、思考比你全面、做事更为坚持的年轻人来说，你缺少了成功最重要的要素。我曾面试过很多踌躇满志、一腔热血的应届毕业生，的确，他们的每一句话和每一个承诺听起来都让人热血沸腾，就像即将奔赴沙场的战士，但斩钉截铁的承诺总不及踏实的作风、平和的心态来得实际。说员工应该，并不是一种否定，而是相对于老板的活该而言，哪怕在家庭关系里，应该做的也必不可少，何况这个社会不是你的小家，如果把应该做的当作负担，应该承受的当作委屈，那必然处处受挫，我们都一样。

一日巴黎

00:00

　　拿到签证后，我在法国的一个华人论坛里找到一家境外中介，协商好服务内容，交了押金，便只身启程来到巴黎。机场的到达厅向来人满为患，每天都在上演着各种温情的重聚。我推着行李车往外走去，直到在众多摇晃不定、材料不一的指示牌里发现了自己的名字，顺着指示牌视线下移，发现是一个戴着金丝框眼镜、身材略微发福的中年男人，表情冷漠、不苟言笑地站在那儿。我走过去，互相点头确认后，便跟着他往机场快轨的方向走去，这一切就好像是被设定过一样，我俩一路上没有过多地交谈。

　　长时间的奔波加上时差的颠倒已让我掉到了半血状态，我两只手各拖着一个行李箱，箱子上各放着两个大书包，身上还斜挎着一个随身包，这副模样，好像是经过了漫长的跋涉，前来投靠亲戚的外来人，或是一个蓄谋已久的偷渡客，几经波折才终于上岸。在来往的人群中穿梭，我的行李时不时与过路的法国人磕磕碰碰，在我还思索着该用哪一个单词来表达歉意时，对方却已经以温和礼貌的微笑回应了我，这是我对法国人的第一印象。而前方不远处依然是漠视不理的境外中介的背影，那背影所散发出的事不关己的气质，与他们形成了鲜明的对比。一路上，中介都极快速地向前奔走，同样的路线他应该已经走过千百遍了吧。我正想着，他偶尔回过头来，确认我没有走丢，然后接着自顾自地扮演着领头羊的角色。

　　之前听过许多人提起他们的前车之鉴，说是委托境外中介找的房子都不会太好，再加上法国的治安本就不算好，为了确保万无一失，我便跟比我先到几月的法语班的同学商量，在他的家借住几日，待我找到房子后就搬走。沉浸在自己的思索当中，不想我已经离领路人越来越远，差点就掉了队。中年大叔在前面停顿了一会儿，等我紧赶慢赶地小跑到他跟前，他好像早已经知道我在想什么，没等我开口，便淡淡地对我说了句："现在送不了你了，你得先跟我回一趟公司，等我处理完事情后才能送你去住的地方。"我只好"喔"了一声点点头，便带着我的全部家当，继续一路紧跟着他。

机场通往市区的地铁路线需要很多次的转乘，遇上没有电梯的时候，我只能一件一件地把行李搬上搬下。搬运行李耗时，而且有好几次地铁的门都卡住了我的背包，我使出吃奶的劲儿，几番生拉硬拽，才从门缝中解救出我的背包，当时心里暗暗庆幸，庆幸自己一直以来都有吃菠菜的习惯，才有今天大力士般的力气来挽救我的家当。我就这样一直跟在中年男人的身后，在巴黎的地下来来回回地穿梭，一刻也不敢晃神，而持续赶路已让我的身体累到麻木。

直到走出地铁的那一刻，我才觉得醒了过来，到现在我都还清楚地记得当时的感受，那是重见光明的喜悦。空气一下变得清新了许多，而那也是我第一眼真正见到这座城。天空飘着小雨，街边穿着时髦的法国老太拄着拐杖佝偻着背缓慢地走过，咖啡厅门前年轻的情侣拥抱着低声浅谈，一群吃胖的鸽子在我身旁滑稽地挪着步，周围的一切场景都像是出自旧时的黑白法国电影，眼前奇妙美好的景象让我兴奋得几乎忘记了疲惫。

我随中年男人径直走进一栋老式的法国居民楼，那栋楼明显已经有些年头了，里里外外都散发着古旧的气息，高高的旋转楼梯令人发晕。在等待他办公的过程中，我依然沉醉于周围不可思议的景象，打量着四面八方。屋子里的各种摆件、头上的玻璃灯、脚下吱呀作响的木质地板，构成了一幅奇妙的画面。这一切都让我肾上腺素不停分泌，内心有一个声音告诉我，我就是属于这里的，可天知道这种突然降临的、莫名其妙的归属感是来自哪里，或许是来自我出国前对巴黎整日的幻想，又或许只是对于新环境的新奇和满足。等待的时间里，我用网络跟家里人打了电话报平安，随后便趴在他的办公桌上睡着了。梦里都是关于巴黎的光怪陆离的景象，而大约一小时后我被境外中介叫醒，接着赶往下一站——我同学的家。同学住的地方不在市区，所以我不得不再次带上我全部的

家当开始辗转，尽管一路的奔波让我浑身乏力，我也没有任何怨言，反而心里满是对未知的幻想和期待。

　　到了一个新的国度，不可避免地就要开始操持各种闲杂琐碎的事，办理电话卡、交通卡、银行卡、居留证等。因为境外中介的业务大多来自华人网站和国内中介的相互介绍，所以中年大叔手里有着很多和我情况类似的留学生，为了省时省力，他把我们聚集到一个时间段统一去办理业务。于是你便能见到一大堆中国留学生，与部分国内旅行团的大声喧哗不同，我们更像是幼儿园里排队春游时的小朋友，乖巧顺从地跟在一个大人身后。此时，每一个在国内被众星捧月般拥戴的优秀学子都显得有些呆愣，大家都是初来乍到，所知唯一需要做的就是听指挥跟着流程走，排队，交钱，办理业务。偶尔和身旁坐着的人四目相对，便条件反射地点头微笑，用中文寒暄两句。假如刚好遇上是同一个专业的或者同乡，那关系自然也会亲近些。办理完大部分手续后，朋友便带着我四处转悠，从塞纳河环绕的巴黎圣母院到人头攒动的罗浮宫，没几日便将巴黎大大小小的景点匆匆游览了一遍。有一天朋友和我在街边闲聊时，他语重心长地说："你啊，趁现在，好好享受这段时光吧。等你开学，便没有这等好日子了。"当时听来明白他所言不假，但还没有深切体会，直到后来假期结束，这句话也的确是应验了。

在同学家中安顿下来后便开始寻找自己的家。自由而又安稳的住所是每个房地产商的口号，也是每个在外奔波的羁旅者的梦想，我也不例外。

找到的第一个属于自己的安身之所位于巴黎郊区 94 省的一个小房间。房东是一对北京夫妇，他们原本的租客是一个中国女生，由于女租客准备搬去其他城市念书，所以转租给了我。在看房的那天，我虽看中了周围良好的治安和屋外可以用作晒衣服或乘凉的小阳台，但想到要跟房东在同一屋檐下生活，难免有些担忧。女生显然看出了我的犹豫，便直奔主题地向我介绍道："房东夫妇人很好的，因为房东太太怀孕的关系，过段时间他们也会搬出去，这房里一共住了三个人，都是留学生。"听到她把我想问的问题都说得明明白白，我也就答应了下来。就在我交完定金准备入住的当天，碰巧撞见房东夫妇和那女生在楼道里大声争吵，看见我时虽刻意回避，但我顿时觉察到许多事也许并不像那女生说的那么好，或许她只是想尽快找到下一个租客然后搬走。可事已至此，我只能边走边看了。

　　不出所料，刚搬入后不久，便发生了第一起冤案。那时我准备自己做饭吃，去超市买完了一周的菜，放进冰箱后，我便回到房间。过了没一会儿，房东太太突然猛砸我的房门，我打开门，只见她双手叉腰站在门口，气愤地对我说："厨房的下水道被你弄堵了！""怎么可能，我也是刚回来，还没在厨房做过饭。"我不甘心，据理力争，可无奈对方是在法国生活多年，并且拥有独特生存之道、丰富生活经验的中国妇人，况且当时也只有我和她在屋子里，不敌对手的我最后还是败下阵来，只能妥协。法国的人工费很贵，不像中国，家政保洁随处可见，价廉物美，当即她向我要 700 欧清理下水道，这对我来说是一笔难以承受的开支。那个时候，我也看出了这对夫妇的不良用心，无奈之下，我决定尝试着自己去清理。走到厨房，打开水池下面的柜子，看见的是一条用塑料材质拼接而成的管道，像蚯蚓一样连接着出水口和下水道。说实话，以前在家里很难有机会尝试做这种事情，就当是体验生活吧，我默默地安慰自己。

　　我伸出手，试着把入水口的接头卸下来，它紧接着的是一段 U 形管道，管道的确被堵死了。此时我发现除了用手以外，没有其他工具能够起作用。我把手伸进管道里，开始不停地往外掏，指尖传来黏黏的胶质的恶心触感，我不断把掏出来的东西拿到眼前，仔细辨认是何物。里面有很多已经腐烂的洋葱，夹杂着各种食物残渣，散发出一股难以言表的混合型臭味。当然，直到最后的清理完成，我也没有发现任何与我有关的堵塞物。我再次默默证明了自己的清白，即使身边没有一个看客，这场景就如同老法官在空无一人的法庭上对我正式宣判，严肃又滑稽。而真正的法官其实是房东太太，当我敲开她的房门，告知她我已经把下水管道疏通时，她的脸上闪现过一丝遗憾又难堪的神情。嘴里还念念叨叨，好像在说，你不是有钱的留学生吗？出点钱就能解决的事干吗非要自己动手？接下来的一幕再次体现了她"一丝不苟的严谨范儿"，大概有将近 10 分钟的时间，她都一直待在厨房，也不顾自己有孕在身，趴在地上，反复测验下水道是否真的被疏通了。这样的摩擦对于身处异国他乡的任何人来说都不会愉快，我们总会觉得那些和我们略微有些关联（比如国籍相同、肤色相同）的人都应当互相帮衬才是。但事实并非如此。

有了这样的经历，在三个月的合同到期后，我毫不犹豫地选择了搬家。

吃一堑长一智，第二次选择时，我变得更加谨慎，加之对巴黎的各个区域已经有了相对多一些的了解，我最终选择了一套位于15区的房子，这一次的选择相对完美，我一直住在那里直到我离开法国。

那条街是一条充满巴黎真实生活气息的小马路，咖啡厅、面包店、小酒馆、小旅馆、马路菜市和水果摊应有尽有。这里真正的主角是巴黎市民，很少有外国人。每到周末，小马路各个角落都有大大小小的跳蚤市场。吃、穿、用、玩所需的各类物品，几乎都能在跳蚤市场找到，且价格便宜得令人难以置信。由于经济连年不景气，巴黎人已逐渐养成使用旧货的习惯，并不会觉得丢面子。跳蚤市场上不难见到彬彬有礼的男人摆地摊、衣着时尚的女士蹲下身子淘旧货。尽管15区是巴黎的富人

把悲伤的故事当笑话轻松地讲出来，你要是笑，便成了我的共犯；你要是哭，
我便笑你。

区，甚至后来被同学们知道我曾住在那里时，他们都表示羡慕。但真实的情况是我所租赁的是 15 区里相对便宜的一套——一个法国人之前用于储物的房间，后来他找人通了水电，购置些能维持基本生活的家具，便开始租给留学生居住。我没有向同学过多解释，解释恐怕只会被当成故作姿态罢了。

第一次走进这间房时，就好像进入了某个无人照看的 20 世纪遗址。16 平方米的房间内到处都布满了蜘蛛网和各类昆虫的尸体，空气中弥漫着一股潮湿和阴森的气味，屋顶上渗着水，大面积的墙体都发了霉。

大致看完屋内的环境，等到出来的时候，我浑身湿漉漉的像是淋了一场小雨。正因为如此，这间改造的住房才会如此便宜。想到它的确能为我节省一笔不小的开支，便爽快地和房东签下了协议。至少我一个人住，不会有什么纷纷扰扰之事。我很喜欢这屋外的小院子，类似于北京的小四合院，中间的空地上种着些不知名的花草，虽不繁盛，但平添了生活的气息。狭长的走道把院内和街道分开，倒是很安静。我花了一整天的时间，来回穿梭在 94 省的房子和这个我刚租下的小房子之间，就像只蚂蚁，慢慢地把旧巢穴里的物件搬空，再慢慢将新的巢穴塞满。靠着还算健康的身体，秉持着一切节约的念头，我没有找搬家公司来完成这本可一上午便能搞定的事，因为我享受这样一个人折腾着过生活的感觉。一个人搬着偌大的重物行走在巴黎的街道，阳光照在脸上，只能从眯缝的眼中看清前面的路，那种感觉，在生活中并不常有。也正是有了那段经历，我掌握了徒手疏通下水道、安装桌子、装门、刷墙等等以前从未涉及的技能，很多时候正是这些在当时看起来不起眼的本事，在关键的时刻却能够帮你解决大麻烦，也成了你与众不同的优势。

12:00

一切趋于稳定之后，我申请的大学也开课了，班里的同学中，在入学之前接触过服装设计专业的人数不胜数，小有名气的更是大有人在。这对于当时只会画画的我来说无疑是巨大的压力。第一天去学校报到，我背着前几日刚在跳蚤市场上淘来的白色帆布袋，里面装着作为午餐的三明治、一瓶老干妈和一些学习用具，一路飞奔赶往学校，这显然和周围装扮精致穿着入时的同学形成了强烈的反差，还好在那种场合下没有人会注意到我。

　　真正让我难堪的并不是第一次和同学们见面时的蓬头垢面，而是第一堂课的内容竟是织毛衣，看着周围的同学轻车熟路，我除了夸赞一句"真是打得一手好毛线"之外，就彻底傻眼了。对于学习艺术，国内外的教学有着很大的差别，从购买工具的具体品牌、画纸的克重、画本的规格到作业的完成都有很严格的规定，学校老师对于专业的准备要求已经到了事无巨细的程度。每位同学都必须按照这样的要求去完成每一次作业，这一切除了让我深刻体会到这个专业的烧钱，还体会到大家严苛的专业态度，这也让我在未来的日子里经历了许多次前所未有的挫败感。

　　在第一次讲评作业的时候，我们被分成若干个小组，虽然之前也听说过关于校长亲自点评时毫不留情的批评，但终究只是听说，那一次才真切体会到。校长先后将几个同学的作业扔在地上，其中有的人已经开始小声啜泣，也有的在一番争执后转身冲出了教室，在国外的学校经常会遇上原来人数众多的班级，到最后就剩那么十几个人的状况，因为有很多冲出去的同学，就再也不回来了。我内心当然是惶恐的，毕竟是第一次，再加上之前并没太多经验，在这样的情况下呈现的作品难免漏洞不少。当我从地上捡起自己的作业时，只感觉到去拿本子的胳膊显得特别沉重，而更为沉重的是我低下的头。凡是没能通过的同学都要在一个星期之后参加补考，与此同时，每周的家庭作业和常规考试一样都不能少。

我像一只第一次得到松子的小松鼠，开始慢慢地啃食手里每天需要学习的内容。第一次通宵奋战，用白坯布做了裙子，第二天兴奋地拿给模特试穿，结果忘了开衩，模特穿上动弹不得；第一次织毛衣，手指被磨出了茧子，最后穿在身上，却发现全身都是大小不一的空洞……大概手工作品的魅力就在于你可以日益见证它的完成度，并且在不断尝试和调整中有所长进，这种看得见的成果无疑是我最大的动力。但仅仅是完成课堂所学、跟上进度是远远不够的，当我给老师看我花了一周时间织出的毛衣时，老师只淡淡地说了句，还不错。接着我才发现早有许多法国同学坐在旁边，聊着天悠然地开始练习在毛衣上钩花了。

学校有很多参与实践的机会。每年的时装周期间，学校都会提供无报酬的实习岗位，我申请的第一份实习工作便是在一个时装秀后台当穿衣工。说是穿衣工，其实就是帮助走秀的模特在后台换衣服，顺便协助设计师熨烫衣物的打杂人员。那场秀的时间是下午 3 点，而我们早上 10 点就被叫去现场，我刚好被分到负责一个刚出道的中国模特。设计师让我们在后台围成一个圈，然后逐一向我们交代细节，比如每件衣服的穿搭顺序，每个配饰的佩戴方式，我们需要对照他们提供的定装相片去核对每一个环节。

走秀前的 20 分钟，后台变得越发忙碌，满是四处奔走的人和"兵荒马乱"的脚步声，我刚协助我的模特穿上了她的第一套服装，她便赶忙去补妆，排队等候上场。等到她回到后台，我们又紧锣密鼓地换上第二套。第二套衣服是一件衬衫，忙中出错，我系错了所有的扣子，发现后手忙脚乱地开始调整，几颗简单的纽扣却一直等到上场前几秒才整理完毕，等到模特上场，我才发现自己已是一身冷汗。

在后台工作和我之后坐在观众席看秀是截然不同的两种体验，来宾在前面等待开场期间，后台俨然大卖场的模样，人满为患，所有工作人员都焦急地准备着。然而正是在这样的过程中，我得以接触全新的事物，学会如何更好地管理后台事宜、合理地安排每个环节的时间、如何摆放走秀服装和配饰、如何确保每个人都明白衣服的搭配，以及模特出场的顺序等等。现在，在自己的秀场后台忙碌时，看着周围来往穿梭的实习生，常会有些晃神，那些当穿衣工的日子好像就在昨天。

随着各类实践机会的增加，专业水平渐渐提高。大一下学期时，我明确了自己的目标——成立属于自己的品牌，也明确了自己想要创立的风格——献给强势女人的温柔设计。在我看来，决定分两种，一种是即便你做错了也无伤大雅，比如迷路；而另一种是如果你出错便要为此负责。在设计的这条路上，我兜兜转转了许久，当时，在自己做出决定前，除了我母亲以外，并未向任何人提起。这一过程犹如种花，当我决心去做的时候，只需要默默地种下一颗种子，若经过长年累月的灌溉后，长成了一株娇艳动人的鲜花，无须四处宣扬也会被过路人发觉；反之，如果在还没有形成丝毫成果前，你便向所有人描绘你的未来，大多数的听众就算应和也是保留着静观其变的态度。

我尝试着在笔记本上写下计划，在网上逐一搜索如何注册商标，创建品牌。那些日子，我像每个普通的商贩一样说着蹩脚的法语游走在各个政府机关里。在这过程中，我的法语水平提高得很快，对工商及知识产权的认知也是从那时开始的。我不断地请教国内外的专业人士，并且把他们说的重点全部记录在笔记本上，即使知道找中介办理会更简便，但对于所有的第一次而言，没有一种方式比身体力行更能督促自我的成长。因为清楚自己的方向，因为肯定脚步走得踏实，因为从不想放过每一个锻炼自己的机会，所以，这个世界才会愿意给这样的人一个珍贵的机会吧。而我也相信，有许多人和我一样在奋斗、在等待，希望你们每个人都可以坚持为自己的目标不断努力和尝试，而不是成天躺在被窝里，还未起床就为自己幻想出无数不可能解决的路障，然后在脑海里厮杀一番后重新躺回被窝里，告诉自己：算啦，没机会啦，人家是有背景的。这类人只会永远停留在与他人差距的鸿沟里，最终被淹没。

18：00

一年后，我顺利拿到了正式的商标。我会利用假期在法国的华人论坛上寻找些适合自己的工作，除了想靠自己的能力提高生活质量外，还因为我相信折腾的人生总是充满着惊喜，于是我选择了在法国的第一份工作——代购。的确，最开始我是被这份工作背后优厚的酬劳所吸引，

我很信赖你，我很肯定你每一个深思熟虑后的决定，但我不再依赖你，因为依
赖往往是无中生恨的开始。

也跟其他人的想法一样，认为代购是一个并没太多技术含量、不太浪费时间且能短期内得到收益的工作，但我慢慢深入代购行业后，便逐渐地改变了这些略显肤浅的看法。

　　代购的人员构架十分有趣，像是一个活跃在地下的神秘组织，他们会事先约定好见面的时间和地点，一般都极其隐秘。当你到达后，上线会交给你一个信封，信封里通常会有 2000 欧元左右的巨额现金，这个由你加入的时间决定。接着他会拿出一本册子，里面分门别类地记录着每款商品的货号及价钱，上线会告诉你今天需要买的商品。当然如果你实在记不住也可以用手机拍下来，但这个办法并不稳妥，原因是如果你进店拿着手机指给店员看，就极有可能暴露你代购的身份，许多店员便不再为你服务。等一切都交代好之后，你便可以拿着自己的护照和装有现金的信封奔向各类奢侈品店，然而真正考验你的时刻才刚刚开始：代购是需要演技的活儿，即便你不露出任何马脚，也需要在那些见惯金主的店员面前摆出一副"除了这个，其他都帮我包起来"的气场，才能顺利地买到某些限量版。运气好的时候，行家说的是如果店员心情好的时候，他就能拿出许多个款式任由你挑选，但如果正巧遇上他心情不好，便只会冰冷地看着你，然后对你摇头摆手，无奈地告诉你没有。

　　买货完毕后大家会聚集到上线规定的地方交货，然后依据之前商量好的方式抽取自己的提成。我很佩服代购的组织，也听说过有的人拿了钱或买了货就偷跑回国了，让这些组织吃了不少亏，但也没有因此放弃，而是从中吸取经验教训，不断完善他们的行规。在这份短暂的工作中，也曾遇到过因为做了代购而染上爱慕虚荣毛病的留学生，把赚来的钱拿去攀比炫耀。但这只是少数，更多的人能够在高消费的熟客与普通的留学生之间流畅切换。之前有人问过我，说他身边的朋友每天都买各种类型的奢侈品，好像这才是时尚，问我怎么看。而对我来说，这只能算得上是一个人必经的过程。每个人或多或少都有想引起别人注意的一面，或许是小时候与伙伴争抢玩具时，或许是把自己打扮得标新立异时，这无关对错，只是一段经历。终有一天，我们会明白自己真正想要的是什么，经历也就成了我们的谈资。而这求学时期的意外收获，不仅让我体验到不同生活状态下每个人不一样的生活方式，也让我在这样的过程中收获了更多人与人之间的说话和相处之道。同样的，这份经历让我更加了解自己，与在奢侈品中沉迷相比，我更享受舒适自在地坐在路边吃着麻辣烫的生活。

　　我的第二份工作是暑假期间在一家越南的餐厅里洗盘子，说体面一点，叫二厨好了。去餐厅打工的原因很简单，我当时做饭实在太难吃，便有了去厨房打杂偷师学艺的念头，毕竟作为一个吃货，怎么也得有些个本事加身吧。第一天上班时，面对堆积成山的餐具我目瞪口呆，那天老板并没准备洗碗时需要佩戴的手套，于是一整天我的手一直浸泡在满是洗洁精的大圆盆里。一天下来，手泡得又白又肿全是褶皱，好几次洗刀叉时不小心把手划伤，但因一直泡在水里的缘故，手早就没了知觉，下班回到家后才发现处处是伤口。作为二厨，除了做好洗碗的工作，还需要协助大厨配菜，整理服务员递来的菜单，取出各类正在解冻的肉类和蔬菜以及打扫厨房的卫生，等等。

事实上，整间厨房就只有我们两个人。炎热的夏天，厨房里又闷又热，加之炒菜时升腾的油烟，全身湿透的我每天都像刚从水里捞起来似的。刚去餐馆时，我还分不清各类蔬菜和已经被冷冻成冰块的肉类，常会在慌乱中拿错东西，接着便是大厨的一顿训斥。后来，一旦要去冷藏室取食材，我就尽可能多拿些，然后让大厨自己挑选，办法虽然笨拙了些，但至少可以避免我来回不停地犯错。

一天下午和餐厅的员工坐在一起吃饭时，大厨问我："每次我骂你你都不生气吗？"我说："生啥气？"其实，因为厨房内的声响实在太大加上事情太多分散了注意力，他每次骂我的内容我都不太能听清，也就无所谓生不生气了。通常，中午和晚上是我们最忙的时候，而遇上周末或是节假日，就连吃饭的时间也被占据，有时恍惚间会觉得我是被安装了固定程序的机器。想偷空休息，可监视器总是一天24小时运作，就连在桌子旁稍微停歇，老板也会马上派人下来给出黄牌警告。直到餐厅最后一桌客人离开，我们才准备打烊，但我的工作并没有结束，我需要配合大厨清点明天需要用的食材，等他离开后把厨房打扫一遍。直到半夜12点左右，把最后一袋垃圾倒入大门外的一个方形容器后，我才能匆匆下班，去追赶那趟即将开走的末班地铁。在这样每天重复的生活中过了两个月，眼看快到我开学的日期，我终于拿到了一份还算丰厚的薪水。在此期间学会的烹饪技巧，为我往后独自生活时的一日三餐提供了保障，也顺遍体验了在厨房工作的艰苦，同时真正地学会了换位思考，理解每一份职业的不易。

第三份工作算是一次创业的尝试，我当了回老板，合伙人便是我之前在越南餐厅打工相识的大厨。那两个月的时间相处下来，我们成了关系还不错的朋友。一天下午我闲来无事，在法国的华人网站上浏览新闻，突然发现了一个美食板块，里面有许多留学生发帖售卖自己平日做的食物，川菜、东北菜、上海菜，各种菜系比比皆是，每篇帖下留言的食客也都是络绎不绝。想着之前和大厨聊天时他说起刚离开了越南餐厅，就在心里琢磨这事，等我大概地梳理清方向，便跟大厨通了电话，询问他的想法。我问他会不会做卤味，他说会，我说那我们就从做卤味开始吧。首先我查阅了所有的帖子都没有找到一篇卖卤味的信息，其次卤味不用现做现卖，也不易变质，这对于当时尚有课业的留学生来说的确是一个既节省时间又能够节约资金的好方法，很快我们便决定以卤味作为我们主营的特色。

沟通的过程很顺畅，从筹备到执行也极为快速，接下来便是分工了。秉持着各自发挥优势的原则，前期，他负责采买食材和外送所需的物件，我负责设计海报、撰写宣传文案，我俩用了不到一周的时间便正式开启了做卤味的买卖。大厨当时的住所是跟朋友合租的，所以厨房只好选在我家。他特意去买了一个更大功率的电磁炉和一口大锅，这使得我本就不太宽敞的房间显得更为狭小。正式对外营业的前一天晚上，我们请了各自的朋友来家试菜，他们的反馈都不错，这无疑给我们注射了一针强心剂。

由于白天我们要上课，所以只能轮流在放学时绕行去位于 13 区的中国超市采购，买完菜迅速地赶回家。制作卤味的时间往往都在深夜，煮好每一锅食材需要花费好几个小时，我一边缝着我的衣服，大厨一边不停地用勺子搅动着锅，我们一边聊着各自未来的计划，一边忙活着各自的事儿，那些日子我做的所有衣服都带着一股卤猪脚的味道。等到第二天白天有客人打电话来订餐，我们分头统计好后，便利用放学后的时间坐着地铁挨个儿送货，因为味道正宗，加上我们合理的宣传，订单越来越多。我们在网上聘请了第一名员工，充当起我们的送货员。

这段经历让我记忆最为深刻。由于做卤味，屋里屋外都散着香气，大批的老鼠军团开始出现在我的小房间里，我几乎买遍了所有的捕鼠利器，也看过不少它们惨烈的死相。那段时间只要一听到屋内有任何响动，我便会立马起身一探究竟，那段日子简直就像是一场噩梦。就在这摸爬滚打的尝试之后，我一边上学，一边靠着卖卤味的事业积累起我创业的启动资金。很多时候，当你比别人创造了更多的机会去接触那些你从未涉足的领域之时，你也便有了比别人更多的学习机会，而这些机会将为你职业生涯的发展奠定至关重要的基础。

00：00

　　有了几次打工经历，我慢慢攒下了一些积蓄。有了相对宽裕的资金后，便开始为我的第一个服装系列寻找面料。之前在学校完成作业时，所用的面料都是在市场里买到的，外观和质地都无法满足我的要求。当时对法国的面料渠道都不太熟悉，只能在网上搜索，在搜索栏里输入"高级面料"的法语，逐条逐条地翻阅，也有一些朋友推荐的店，都挨个记录在本子里。我利用每天下课的空闲时间，带着手机和设计手稿，按照地图一家店一家店地找。等到了标注的地方，才发现有的商铺已经关门歇业，有的早已改成了咖啡厅，有的店铺隐藏在市中心背后的小巷子里，有的则是在高楼林立的商业街中。

　　我第一次找到一家店铺，里边陈列的都是非常高档的面料，店主看我一副学生模样，对我并不热情。当我看上了一块面料，店主立刻对我发出警告，说是白色的，不许乱碰以免弄脏。而我当时沉浸在发现新大陆的喜悦中，并没有因为她的冷漠而泄气。而后来随着我去的次数逐渐增加，我跟店主也慢慢熟络了起来。聊的话题便也多了些，跟她讲起我创作的第一个系列，她看完我的手稿后，开始主动帮我挑选最适合的面料，也就是在这样的过程中，我通过实践掌握了更多本事。

找到的第二家面料店，是一个在地下的两层商铺。刚开始去的时候，同样没人主动搭理我。店里的面料都是一大摞，堆得很高，我常常踮起脚往外拉扯着布料，实在够不着的地方，就自己去搬店里的梯子，爬上去看，感觉这偌大的地方都是属于我的。起初看着我在里面忙上忙下，老板很是不乐意，但有了第一次的经验，我主动去跟老板套近乎，当他得知了我的想法后，态度明显缓和了些。之后我再去，他只会叫我注意一点，看完记得把面料放回去。店里的面料都是一整卷的，不让我剪开，我便成卷地买了很多捆，数量够多时，老板便答应派车帮我运送到家。

整个系列的主要制作过程是在中国进行的，所以我要面临的首要任务是把所有搜集来的布料一并寄回中国。而这些面料每捆都至少有五六十公斤，购买的时候是由商店派送到家的。当时我并没过多考虑，但是现在我需要自己把这么多贵重面料一捆一捆搬运到邮局。邮局离我家差不多一公里，那是我人生中最漫长的一公里。街上来来往往的法国人都惊奇地打量着我——亚洲面孔，瘦小的身体，抱着一个1米5高、

不介意孤独，比爱你舒服。

被牛皮纸缠住的条形不明物体，一次又一次地出现在街上。他们的脸上写满了吃惊。我不断来回，充当起人肉搬运工，一到邮局就只顾着告诉他们：这些我要寄到中国，麻烦帮我照看一下。然后又匆忙回到家搬运剩下的几捆。

直到所有的面料搬运完毕，我才大汗淋漓地靠在邮局的门边，询问工作人员寄回中国的价钱。他找来另外两个法国人帮忙，把第一捆面料放到称上计算，然后头也不抬地告诉我说："这个600欧。"我瞬间惊呆了，脑子里开始进行一万次换算，然后无奈地告诉邮局工作人员："不好意思，我好像寄不了了。"我看着堆放在地上的面料，顿时感受到什么叫作肠子都快悔青了。然而后悔并没什么用，我只能再次将所有面料一捆一捆地搬回家去。一次又一次的超负荷运输让我几近虚脱，当我终于将最后一捆面料连抬带拖地运到家后，我几乎成了小说中筋脉全断、武功尽失的废人。我躺在床上尝试着在网上搜索便宜的物流，第二天又场景重现，将一捆捆的面料搬出家门外，这才算把面料顺利地寄回了中国。

之后我便回到了中国，在国内度过了整个暑假。而整个暑假我基本都待在我的裁缝家里，他将客厅改成了临时的制衣间，把其他房间分别租给不同的租客。我们没日没夜地赶制衣服，除了每天骑着他的摩托上街买吃的，就再也没有别的外出活动，虽然有些枯燥，但是我干劲儿十足。

第一个系列完成后，我找来专业的摄影师拍了一组照片并做成了册子，当我带着几个月的成果回到学校，即便是平日里最苛刻的老师也对我有了夸赞。我将册子寄给了之前找过的面料商，等我再去时，他们已真正将我视为重要顾客来接待，老板都会专门配人帮我找面料，还试着与我谈起了合作，这让我欣慰不已。

当开始筹备我的第二个系列时，我已经吸取了不少经验，也慢慢尝试着开拓更多的渠道。第二次选购面料时，他们已经能答应我将成卷的布料裁剪出我需要的尺寸。而这一次，在搬运时我又遇到了新的问题。各种参差不齐的面料，在我房间里堆成了一个千层蛋糕，这些昂贵的碎片加起来足足有一百五十多公斤。为了将它们打包装好，我和来帮忙的同学买了很多牛皮纸及透明胶。我们将牛皮纸摊在地上，把面料一层一层地往上堆砌，越堆越高，其间还坍塌过好几次。我住的房间面积很小，狭小空间的各个角落都散落着布料，拥堵得连门都无法打开，我们将堆积如山的面料用牛皮纸不停地包裹，用透明胶一圈一圈地缠绕，直到把它们包裹成了一个巨大的"恐龙蛋"。看着它，我有些发愣，想着我花费了这么多力气才得来的成果，如此安静地躺在这个蛋形的壳里，不免有些想笑。我们联系好之前的那家物流帮忙运输回中国，刚松了一口气，却发现了一个致命的问题：用了整个下午完成的这个"恐龙蛋"，根本没有办法穿过我那小小的木门。

　　我的小房间在一个类似于北京四合院的建筑里，房间外有个小院子，要出了小院的门才算真正走出这栋房子。我瞄了一眼墙上的窗户，发现它比木门要宽许多。于是我们挪开了地毯和靠在窗户旁的大衣柜。搬进来的时候我便知道这大衣柜是二手货，我们小心翼翼地挪动，它却依旧摇摇晃晃，发出"吱吱呀呀"的响声，仿佛随时都有可能散架。我们把"蛋"慢慢地抬起来扔出窗外，才总算是过了这一关。然而当我们到了小院准备把"蛋"再往大门处推时，才绝望地发现，大门虽然叫作"大门"，可依旧大不过我们创造的这个巨大的"恐龙蛋"。此时我站在"蛋"后，"蛋"在门后，明明成功就在眼前，我却是束手无策。

　　我们决定从头再来，朋友出门再去买些牛皮纸和胶带，我在院子里开始吃力地把"蛋"往回推，最后实在没有力气而瘫躺在了"蛋"上，"蛋"也安静地支撑着我，我们就这样沉默地陪伴着对方。所谓好事成双，那不幸的事可能就得乘三吧，就在这时，只在电影中才会出现的一幕发生了——或许是为了烘托凄凉的氛围，天空中忽然飘起了小雪，此刻就差一首悲凉的二胡曲演奏了。但我还不能沉浸在这电影般的画面里，因为我的"恐龙蛋"不能被打湿，我必须立刻保护好我的"蛋"。雪落在我的头发上、身上，手指已经冻得没了知觉，我费力地推着"蛋"寻找一处藏身之地，实在没力气再从窗户把它给扔进屋内，只好一边护着它，一边等着救兵回来。

　　故事的结尾，是我们把这巨型的"恐龙蛋"解体成了两个中型"蛋"，等来了物流，才总算顺利地寄回了中国。而我的家和院子里散落了一地约四五十卷的透明胶带残骸以及牛皮纸屑。

　　第二个系列我选择在法国取景拍摄了一组时装片。我很感激的是，这次好几个朋友都来帮忙，他们在头一天早上陆续到达了我家，有两人甚至从巴黎以外的城市赶过来。整理所有制作好的服装，首先需要把每一件衣服熨好然后用滚轮把衣服上的灰尘清理干净。由于蒸汽熨斗太贵，我们只买了普通熨斗，经费有限，只买了一个。接着我们开始轮番上阵，看着他们像初学时的我一样缓慢且不熟练，我默默地感动着，把他们像放了慢动作似的场景记在心里。掌握了基本技能后，大家就开始有条不紊地分工协作了。该熨衣服的熨衣服，该打包衣服的打包衣服，时不时夹杂几句朋友之间默契的玩笑话和我们对于创业的幻想和互相鼓励。那天是不是有太阳我不记得了，但我的确看到他们每个人都沐浴在阳光下。飞舞的头发，眯缝着的笑眼，金色的光线将每个人的轮廓都照得十分温暖。

一整个系列的服装在我屋内无处安放，我们便寻思着将它们都挂起来。我睡的床是像宿舍一样的上下铺，朋友从上铺牵了一根钢丝，连接到门框上。中途有好几次，钢丝散架了，衣服都散落在地上，我们只好重新固定。传统的熨斗只有一边手动喷气一边熨衣服，大家都累到抬不起胳膊。为了防止衣服再褶皱，我们把房间所有能利用的挂件都利用起来，房间的高低床上，护栏上，木门后，衣柜旁，就连穿衣镜上都挂满了衣服，小小的空间突然被改造成了一个服装博物馆。就这样一直忙活到凌晨 4 点多才算结束。

　　几乎没怎么合眼，就到了清晨 6 点。带着所有的成衣，我们外出开始拍摄。

　　拍摄时我们换了很多个场景，而一路上都有不少的法国人驻足围观，听着他们的赞美，我们内心无比的满足。我们的设备条件很简陋，就连一个像样的给模特换衣的地方都没有，只好就地取材，用我从家带来的床单临时围起了一个小小的空间。都说好事多磨，到了中午，忽然下起暴雨，我们只好集体躲进了车里。后来雨渐渐变小，我们便顶着塑料袋在巴黎街头四处奔跑。在最后呈现的照片里，有很多张都是在下雨的街道上拍摄出来的，然而这并非我们刻意所为。当我们来到一座桥上进行拍摄时，四面八方都围满了人，伙伴们哭笑不得，因为这样一来，我们自制的床单试衣间就没什么作用了，只好寻觅另外一个可以用作换衣服的场所。经过几番协商，终于一家咖啡厅的老板愿意帮助我们，在店里的洗手间和储藏室，我们一行人进进出出忙忙碌碌。

　　快晚上 10 点时，拍摄终于完成了。结束之后，我买了很多吃的去到朋友家，带着前所未有的成就感，我们整整庆祝了三天三夜，不仅仅是庆祝这一系列的完成，也是在与即将回国的我道别。通过第二个系列，逐渐开始有人认识了我的品牌和设计，这也更加坚定了我要回国发展的决心。离开的时候并没有太多不舍，我很理智地告诉自己，人生聚散都有它的理由，但并不阻碍我再回来，这也不是诀别。那天早上，伴随着密集的手机提示音，我收到了很多朋友的讯息，诉说着留念与祝福。前往机场的途中我靠在车窗上，眼前掠过的是巴黎熟悉的街景，脑海里闪现的也全都是这些年在这座城市发生的一件件小事，这让我想起之前看过的一本讲述玛雅文化的书——《2012玛雅宇宙的生成》。原本是关于玛雅文化的探索，但作者在序言中的文字却让我觉得这很像是一篇有趣的游记。

　　那次发生在国界以南的旅行是我生命的转折点。当时，我只是想要去了解我生活的这片母亲大陆的悠长历史。怀揣一千多美元，离开了阴冷的12月的芝加哥……我的旅行从墨西哥城开始，继而穿越墨西哥南部的瓦哈卡省，在那里，我去到了萨波特克族人的首都蒙特阿班。随之而来的几个星期里我躺在瓦哈卡的沙滩上做梦，然后才去到墨西哥南部的恰帕斯高地，在那里迎接1987年新年的到来。然后，我才准备好了迎接我心之所系的旅程：去到危地马拉。那里有火山山峰，美丽的阿蒂特兰湖和许许多多的古代废墟。①

　　巴黎于我而言同样是一段心之所系且充满冒险的旅程，我也说不清道不明，在18岁的年纪独自来到这个陌生国度的意义何在，或许是性子里的不安分让我常常将自己从普通寻常的日子里抽离，置身于和世界较劲的处境中。好在陌生国度一个人生活的经历确实让我懂得是什么主宰了我的困惑和恐惧，以及自己能在多大的承受范围内主宰自己，这些阅历不止成为酒后与人的笑谈，更成为我平庸生活里的和璧隋珠。

　　汽车在灰蒙蒙的天空下离开了我的小房子，离开了每一条我曾走过的大街小巷，离开了我曾和喜欢的人一起漫步的塞纳河畔，离开了那座我曾驻足停留的巴黎铁塔。直到我坐上飞机，俯瞰这座城市，突然特别想要找到小房子的位置，突然迫切地希望它能够像我第一次面试签证时，考官桌上那张硕大的巴黎地图一样，赫然映入我的眼帘。我在这种希冀中慢慢睡过去，在梦里，感觉这一切都只发生在一日之间，至此，巴黎之行告一段落。

---

① 摘自陈璐译版。——编者注

所谓爱情

她为了让他开心，丢掉了自己的脾气，舍弃了外面的繁华，放弃了自己喜爱的事物，失去了陪伴父母的时光……但对她而言，所谓爱情便是如此，用自我的牺牲换取一生的相守。

我在照片中见到过外婆年轻时的模样，乌黑的头发梳成两个麻花辫，嘴角微微上扬，腰板也挺得笔直，透着一股不甘被驯服的桀骜劲儿。在那个年代，外婆算得上当地年轻姑娘中的翘楚。即便如此，外婆也没能逃过被父母安排婚姻的命运。一次去菜市场买菜时，外公被外婆的母亲相中，一打听，正巧男未婚女未嫁，老人便开了口，促成了一桩婚事。当时外公英俊挺拔，退伍后来到重庆，长期在部队里生活而练得一副健硕的好身板，加上性格沉稳，让人一看就觉得踏实。

外公喜静恶动，很少和孩子们玩闹，闲暇时就待在书房里看书、写字，虽是当过兵回来的人，却极少露出糙汉子的一面，那气质更像个旧时的知识分子。我和表弟私下里形容外公是"大树"，可以一个人窝在屋子里一整天，每天的饭食都靠外婆端进他的书房。外公的字写得极好，文章却是我看不懂的，这么说来外公当年也算是个文艺青年。不过他也并非一直如此，每当有战友到家里拜访他时，外公就像变了一个人似的。他和战友们搂着肩，豪放地喝酒，扯着嗓门讲述当年在部队时的各种趣事，有些事来来回回讲了很多遍，但他每次说起还像第一次那般慷慨激昂。

记得有一次，外公的几位女战友到家里做客，他照常聊起过去的事，逗得大家合不拢嘴。但外婆却一反常态，一直阴沉着脸，也不热情招呼大家吃喝，时间一长，外公发觉了她的异常，便问外婆是否身体不适，外婆看了他一眼却没吱声。眼尖的小姨看出外婆有心事，便陪着她出了门，后来小姨悄悄问我："你猜你外婆是怎么了？"我想不出，小姨扑哧一声笑着说："你外婆见你外公一直在跟女战友话当年而没搭理她，就吃醋啦。"

外公平日里颇为严厉，外婆做事稍有差池，他当即便会大声斥责。外婆身上多少保持着中国妇女的传统，再加之生性宽容，对丈夫的指责从不多言争辩，实在生气的时候，也只是到我的房间找我唠叨几句："当初又不是我想嫁给他，是我爹娘挑的啊。"但这并不影响她一听到外公的呼喊，便立马转身出门，去帮外公泡杯热茶。外婆年轻的时候很爱聊天，身上总会带着些瓜子、花生和小零食，见到街坊邻里也都会上前热情地攀谈几句。聊天内容不过家长里短、儿女徒孙，而外婆特别以她的孩子们为骄傲，尤其是我母亲。在外婆眼里母亲不但有主动照顾弟妹的长姐风范，还把自己的事业安排得井井有条。也是借了母亲的光，外婆对我也格外宠爱。

外公比外婆大了8岁，当兵时留下许多旧疾，随着年纪越来越大，病痛折磨愈演愈烈，外公有时喜怒无常，像五六岁的小孩子一般阴晴不定。看着外公这样，外婆常会感慨，他年轻时当兵的神气和肩上闪耀的荣光，如今都消隐了，这让他看起来终归有些落寞。每次外公和外婆一起出门，外公在前头快步行走，外婆则在后面迈着小碎步跟着，亦步亦趋，就像小媳妇跟着老爷出远门。每次看到这番情景，虽心疼外婆，但又备感窝心，时隔这么多年，外婆也就这样在外公的身后步伐慌乱却坚定无比地跟了一辈子。

大部分时候老两口儿都待在家里。每次我劝外公：趁天儿好，常出去走走锻炼锻炼，身体也会好些，他都任性地以不舒服为由拒绝我的提议。而我在家时也常想拉着外婆出门散步，但外婆也不答应，我心想这二老也太宅了吧，可后来，外婆不经意间对我念叨："我要是出了门，老头子突然有个意外可咋办，谁去照顾他？"那一刻，我才明白，外婆是对外公之前的手术心有余悸。

我还在念小学的时候，外公做了一次心脏搭桥手术。我依稀记得，那天外婆一直站在手术室门口安静地守着，她双眼紧盯着"手术中"三个耀眼的红字，两只手不停地搓来搓去，任凭谁劝，她都不吃不喝也不坐下。当红灯熄灭，医生推着外公走出手术室，外婆深深地舒了一口气，一屁股坐到了地上。从那以后外婆便再也不敢离开外公半步。甚至，有一次原计划好去重庆给外婆的母亲扫墓，当家里的每个人都安排好正准备出行时，外公身体突然不太舒服，外婆当即决定要留下来照顾外公，要知道那时，外婆已经好些年没回自己思念的老家了。

不知从何时开始，外婆走路佝偻起了背，话也越来越少，后来被诊断出患上了阿尔茨海默病。我不想用"老年痴呆"这个残忍的词来形容她，因为实在不忍看老照片里那个年轻姑娘的神气渐渐从眼前这个常常低着头不言不语收拾屋子的老人身上一点一点褪去，那画面时常让我感到时光的残忍但也无奈它的流逝。从那以后外婆的记忆一天天退化，出门时常忘带钥匙，刚关上门又突然意识到有什么东西忘带在身上，便转过头去敲门，这时外公便会从屋子里慢慢挪出屋外，去给外婆开门，外婆怕外公会责怪她，每次都会先自责几句："哎，瞧我这记性，又忘记带东西了。"接着便到房间里翻箱倒柜，找着找着又忘记了自己要找什么，然后又走出了门。

外婆厨艺精湛，我常常形容她是"行走的活菜谱"，而我最喜欢她做的重庆小面，每次回家都拉着外婆煮给我吃。但自从外婆患病后，煮的面便越来越咸，或许是她忘了有没有加佐料，只好一遍一遍地往里放。外婆最喜欢趁我吃东西的时候和我聊天，而我每次都配合着大口大口地吃，这时她特别开心，嘴里总念叨着："小老板，慢点吃，吃不饱我再给你煮点去。"也不知道从何时起，外婆称呼我为小老板，每到我要离开家的时候，她总是站在门口对我说："小老板，在外注意身体，不要生病啊。"据母亲说，每次都等我走了好远好远后，外婆才会关上门回到屋里。而我宁愿认为她是舍不得我离开，也不愿去想她孤零零地站在门口不知道自己在等谁，还是送谁。

外公的听力也越来越差，同他说话时要提高分贝他才能够听清，外婆乌黑的长辫变成了稀疏的白发，松散地盘在头上。想想当年，年轻的外婆甘心远离成长的故乡，陪着外公四处辗转，在他喜欢的地方歇脚。对外婆而言，有外公在的地方便是她最喜欢的地方。她选择守着一个再平凡不过的男人，守着琐碎的细枝末节，过着风平浪静的日子，不需要费尽心机。我常感叹外婆的选择太过温情，反而显得有些残忍，但她甘愿做一只缓慢前行的蜗牛，在凉薄的时光里，坦然递给对方温暖，笨拙而缓慢，但这是外婆的爱。

　　我们的周围有越来越多的人举着独身主义的旗帜，开始享受对自我的耐心以及与自己对话的平静生活了，这也让我们开始忧虑老龄化以及独身老人的赡养问题。但对于外婆那个年代的人来说，"携一人白首"般的陪伴便是最好的爱，比任何甜言蜜语都弥足珍贵。当爱情变成亲情，不再因小事拌嘴，得到的便是坚守在彼此身边的那份安稳，是一个眼神便能了解对方心意的默契，是可以肆无忌惮地在对方面前哭泣的亲密，是明明知道各自的缺点，却选择用最温暖的爱来包容的度量。

　　所谓爱情，大抵如是。

受伤总好过没尝试

　　小学时的一次郊游，我和同学在湖边玩闹时不小心差点儿掉进湖里，幸好被路过的人及时发现一把将我抓住。后来班主任把这件事告诉了我的母亲，没想到她并没责怪我的贪玩，而是当机立断在文化宫帮我报了游泳班。母亲告诉我，不是每一次遇到困境时都恰好会有人挺身而出，只有自己学会游泳才能在意外时自救。这件事，我一直都记得，连同当时母亲说这番话的笃定神情。

　　很多的经验和能力，都是在一段尝试和经历后才能具备的。有的人喜欢活在自己的堡垒里，面对未知的领域，面对困难，内心的第一反应往往是抗拒，望而却步。即便知道，逃避是错误的决定，然而当一大堆未知的、陌生的问题摆在面前，无论在别人眼里再怎么新鲜有趣，在你眼里都可能变得冷冰冰；当你所做的事突然出现了挫折，大脑就开始一片空白，变得越发想逃离。

　　都说写作是与自己的对话。在我写下这些文字之前，其实也并未想过要如此直接地面对所有的过去，所有自己内心的想法。生活中我们想要过得轻松自在，无非是想留住愉快的、美好的时刻，而将一些过于隐晦、复杂的念头、一些陈旧的琐事抛在脑后。但这并不能让我们真正地重新审视自己，当我一字一句地敲出脑海里的这些文字，一遍遍地重复和修改，我才真正发现，所有经历过的事从未消失，有些过往不愿面对，有些问题能拖则拖，不愿想得太深入，但它终究还是残留在你的身体里。如若没有尝试着去直面它们，或许问题永远也得不到解决。

　　逃避是件很可怕的事，和放弃不同，放弃可能是丢弃，是在面对之后才做出的一种可选择性的决定。而逃避给人压力，你越是逃避的事物就可能越是挥散不去，甚至成为心里的一道阴影。逃避的人往往习惯于给自己找借口，一旦产生了逃避的念头，就很容易越陷越深，短时间内姑且能够得过且过，但它会变成你身上的一道伤口，起初并无大碍，甚至不去想它故作轻松，但若因为不想面对而放弃治疗，这道伤口不仅不能自愈，反而会越来越恶化。

选择逃避可能会感到解脱，但逃避远远抵不上面对的喜悦。在完成一件事时，即使在那之前经历了无数次想要逃避和拖延的挣扎，即使在中途受了伤，至少你尝试了，之前经历的磨难都算是值回票价，这时候成功与失败或许都已不那么重要，因为你看到了选择之后的结果，这永远比一步都迈不出要强。受伤，总好过没尝试。

我们每一天都会面对很多新的事物，有的是不得不经历的。而刚好趁着年轻，利用这个时机去经历你所能承受的一切，毕竟这种时刻不会一辈子都有的。不遭遇背叛，可能你永远也无法认清面前的这个人；不去看某本书、某部电影，可能你永远无法判断它们的好与坏。你不会因为地铁拥挤就放弃上班，不会因为担心东西变脏就不使用，一旦明确

最初以为只是路人，没想到变成亲爱的；曾经以为是亲爱的，最后也只是路人。

了自己的目的，在面对更多不确定的、不可预计的未知时，只有亲身去经历了，才能想明白。

当今世界有着太多虚拟的东西，例如网络、游戏，例如和生活背道而驰的泡沫剧。这些和现实差别太大，如果沉迷其中，最后会变得越来越空虚，而你终究要活在现实中，要去和这个社会慢慢磨合。就像你喜欢沉溺在电视剧中的爱情，但你不去现实中看看，不去勇敢地迈出爱情的第一步，就只有羡慕别人的爱情的份儿。当然，对你而言，费尽心思地去追一个喜欢的人，可能会遭到拒绝，可能会情感失利，但美好的东西，总不会是触手可得。如果你的逃避仅仅是因为害怕失败，那么不去做就意味着早已失败，所以想要的就拼尽全力去争取。或许过程会难了些，或许结果并没有你想象中的那般好，但你一定会比原地驻足不前的那个自己，要更丰富和努力。

某日聊天时，一个朋友对我说："我比较喜欢安稳不变的生活，就像我待在一个地方久了，就不愿轻易去其他的地方。因为一个陌生的环境，所有的一切，都得重新习惯，而且浑身会不自在，这可能是性格使然。但我总是逼着自己，有时间就多去外面的世界看看，不要总把自己困在一个深井里，尽管去一个陌生的地方，最开始会让我不太好过，但正是走出去，让我看到了很多不一样的风景。"说完朋友停顿了一会儿，见我表示赞同，好像找到了能理解他的人，他才接着说："没有什么比躺在被窝里睡懒觉、玩手机舒服。而我如果那样做，就不会有任何改变，这样人生也未免太枯燥无味了。没有人愿意在年纪轻轻的日子里，就过着如七八十岁老年人般安逸的生活。"

回想自己走过的路，我曾经是一个非常恋旧和保守的人。经常联系的朋友总是那么几个，手机里翻来覆去的总是那几首老歌，去固定的小饭馆吃饭，就连衣服的颜色也很少有改变，不大喜欢参加陌生人多的饭局和聚会，周末大部分时间宅在家。一直以来我就是这么生活的，并不觉得这样有何不妥。可到后来我才发现，其实想要的一切，并不遥远。梦想的生活，想去的地方，喜欢的人，几乎都在这星球上，只要尝试着去改变，就会和它（他）们不期而遇。

事业上也是如此。在品牌渐渐成熟的时候，我开始构思了一个新的方向——Chez Haotian，一个副线品牌，我希望它是年轻的、独特的，并作为一个线上品牌进行销售。很快我和我的团队便开始行动，在人数不多的同事中进行分配，一步一步地完成品牌的建立，不断地设计再设计，一切都是在身体几近透支的忙碌状态下进行着。直到上新前一天的最后一秒，所有的同事都还在紧张地加班，陆续将货品编辑好发布到店面中，当它终于完整地呈现在页面上时，大家都欢呼雀跃，就像是屏气凝神堆起的积木终于"竣工"了。

而那段时间自己意外地生了病，接连几天不断发烧，医生说是累的。若不是真正地病倒在床，我还从未感觉到自己的身体早已吃不消。连续一周我都高烧不退，体重也持续下降。一想到不能去公司，便更加焦虑。

副线上新之初收获了不少好评，但在操作上依然存在着各种问题，我们拼命想将它进行下去，但渐渐无暇顾及。公司在发展的过程中，如果事务已处于饱和的状态，那么一直坚持的还要坚持下去，也因此要舍弃另外一些。副线有很大的发展空间，但如果不能全身心地投入，不能给它最好的资源和人力，便很难达到我们的期望值。最终我带着诸多不舍选择了放弃，决定暂停一段时间，我想会有合适的时间和机缘，再次将它唤醒。在外人看来，放弃了等于是白费工夫，但其实这个过程中我们不断在学习和尝试新的领域，也有了很多有趣的经历，我们已明确了怎样才能将它做得更好，至此才会选择暂停和放弃。

理想状况下，只有在不同的地方生活过，各类感兴趣的工作都尝试过，各种语言和文化都学习过，你才能知道什么是最适合你的，才能将它们排列并进行选择。没有选择的生活，很难令你百分百满意，哪怕很走运，你在过的生活它正好适合你，但是没有了对比和参照，你或许也感受不到太多幸福和欢愉。

向阳花

　　楼下的老院落早就没人住了，破败的围墙上盖着一个红色的"拆"章，时常有野猫在里面觅食和约会。坐在防护栏上嗑瓜子的时候可以看到院里还有几株向阳花，它们连同整个院子与这个广厦万间的城市有点格格不入。雨打风吹，星移物换，也许是食材耗尽或另有新欢，野猫们也相继离开了老院，只有那几株向阳花还安静地生长蔓延着。直到有一天我发现它们高出院落房檐很远，仿佛偏执地冲我摆着一种向着有光的方向，勇敢生长、不畏背后诸多喜阴植物分抢营养的倔强表情——朝天笑，尽锋芒。

　　课间我正低着头赶作业，余光中有一个身影正朝着我的方向移动，抬起头来，看到一位略微有些富态的中年妇人，神情严厉地盯着我。而刚刚还全神贯注于赶作业的我，对于这突然的会面不免有些尴尬。她是我们班新来的班主任，姓张，她看向我的同桌问道："他在干什么？"同桌支支吾吾地回答道："他在赶作业。"而后她的目光看向我短袖衫上的中队长挂牌，继续问道："你是班干部？"我没敢看她，只是点了下头，张老师随后提高了嗓门大声喊道："干部？我看你是干萝卜吧？"周围的同学哄堂大笑，那种笑声好像经历过无数次彩排，一波接一波，没有间断，也容不得我多想。我在作业本上胡乱地涂鸦着，有圆圈、有符号、有文字，那天阳光格外刺眼，照射在陈旧的木板课桌上，我看着座位上被小刀刻满的各种名字，以及歪歪扭扭的"到此一游"，尽力想去缓解自己的尴尬。

那是我第一次面对这般尴尬的局面，毕竟在小学四年级以前我的成绩都还不错，时常双百，小红花这些标配也是家常便饭。然而当我默默旁观的场景有一天真实地发生在自己身上时，我还是措手不及。和往常一样我没有作声，在渐渐消失的嘲笑声中，我低着头吞咽着这巨大的挫败感。小孩的心思多半是敏感的，或许成年人眼中微不足道的一句话便能影响到他未来的整个世界。

那段时间，我变得异常叛逆，在父亲和继母家产生的情绪波动直接造成了我的成绩一落千丈，并且染上了很多坏毛病——抄作业、打架、放学不回家、成天泡在网吧。我整日陷在自己莫名的情绪中，在日记里写下的也都是些灰暗的文字。张老师教我们语文，经常会勒令我们写作文，而我的那些负能量文字在当时便引起了她的注意。在每一次返还的作业本上，她除了评语外都会在结尾处留一段话给我。后来的很长一段时间里，我们靠这样的方式开始有了些沟通，在往来的留言中我逐渐发现，眼前这个有些威严、不苟言笑的人竟然能一下子明白我心中的想法以及我不能向同学诉说更无法向家人倾诉的内心的秘密和当时莫名的委屈。

有一天，每日都提早到达教室的张老师反常地没有站在讲台上。正当同学们在小声嘀咕班主任是不是睡过头时，教导主任进来了，他说，张老师生病了，最近一段时间我们的课由二班的王老师代上。说完便转身离开了。而我坐在座位上发呆，心里一阵失落。过了些日子，代课老师向我们说明了实情，张老师得了癌症，年级组长正准备组织同学放学后去她的家中探望。我记得那一天我们班出奇地安静，就连平时总是接话的同学也都默不作声。放学后，全班同学一个都不少地赶去张老师家里，张老师家离学校很远，我们转了好几趟公交车才到达。那是一片老式的红砖瓦厂房，每一层都有公用的长廊，家家户户都把衣物晾在阳台外的护栏上，而张老师家门口还多了一盆向阳花。我们进到张老师的家，她倚靠在沙发上，同学们争抢着围在她身边，想说什么却又怕说错话，好在张老师打趣地询问起每个人的近况，我安静地待在门边一言不发。张老师把目光看向我，这一次却没有往常的犀利，也没有故意抬高的声量，而是轻声细语地问我："心情好些了吗？"同学很诧异地望向我，因为张老师的问话，也因为我只是笑了笑便转过头跑出了门。我蹲在走廊看着那朵向阳花，没忍住眼泪，哭了起来。

第二天放学后，我去花店买了一株向阳花，坐着公交又去了张老师的家，她正在家看电视，当我出现在门口时她笑呵呵地对我说："来啦？"那说话的语气像是她早已预料到一样，我坐在她身边把向阳花拿给她，她问我："你知道我为什么喜欢向阳花吗？因为它是一种很特殊的植物，有果实，可为人用，普通到你并不会小心呵护。它们总是在郊外的公路旁群体出现，也必须群体出现才显气势。而你啊，就像是一株喜阴的向阳花，当大家都朝着一个方向说笑的时候，你却朝着另外一头不言不语。在一群人当中显得尤为特别，你的感情最为细腻，最不愿被人察觉，也正是因为这样，我才用文字的方式和你沟通，不当面找你，用你最能接受的方式，陪着你走出阴霾。"说这番话时张老师语气很是柔和，就像我是一个早就被她看穿的小孩。后来的很长一段时间，放学后我都会往张老师家去，待到快要天黑才赶回家，我心里的结随着我们之间的沟通逐渐化解，成绩也一天天好了起来。

最后一次见张老师，是在学校为张老师办的追悼会上。有一天，我像往常一样来到她家，可那天大门紧闭，旁屋的阿婆说张老师中午就被急救车接到市医院去了，离开的时候是被担架抬走的。去医院的路上我想象过很多个结局，但结果还是发生了最坏的那个。我赶到的时候张老师已经被送进了太平间，我和她的家人拥抱过后便回了家。张老师的灵堂设在了学校的操场，班上的同学哭作一团。也有她教过的已经毕业的学生和比她早退休的同事，赶回来送她最后一程。

　　之后的每一年，只要我回到出生的小城市，都会去花店买一株向阳花，然后去她的墓地看看她，说说话。从我家到山上很远，早些年，山里还没有通车，我坐着摩托车往山里去，一路上风打在我的脸上，两旁的建筑不断地倒退，就像她当初形容我时说的那样："你一直在逆风行走，但却从没考虑过退缩。"山上的墓碑很多，每一次我都顺着熟悉的小道一路上山，再下到另一边的半山腰，下七节阶梯后左手第二个便是她的墓了。去得多了，也就不再害怕，也就能记得每一条小道。十多年过去了，她的模样定格成那张微笑着的黑白照片，而我带着每一年的故事在她跟前陪她说说话，就像当初她陪伴我时那样。

　　每个人在不同的阶段都会遇见一个特别的人，因为她的一两句话便改写了你的现状，在我背着阳光、孤独叛逆的时候，上天安排了张老师出现，而后便静静地看着我这当时喜阴的向阳花，慢慢地朝着阳光生长。

我

　　我花了一年的时间来整理这本书。在这一年的时间里，我不断被抑郁症打扰，一整晚睡不到一刻，翻来覆去，写写停停，反反复复。我不是一个拽着回忆不肯撒手的人，也不具备过目不忘的本事，这些年，有些事就像被一支生了锈的插销牢牢地别在心上，里面的打不开，外面的也进不去。

　　正是这本书，开启了我与自己真正的和解之路，我开始了解并接受每一面的自己。听说我要写书的消息后，有的人感到很诧异，质疑着："你哪有空闲的时间去写字？"有的人却很羡慕，对我说："你还能让自己静下心来回归文字，真好。"一如他们当初怀疑的一样，写书的过程并非一气呵成。在看似完成了一大半，就快要结尾的时候，我忽然意识到，在这常常被各种各样的工作、出差打断的状况下，我没能够全心全意地投入在自己的故事里。所以在真正完成它之前，我决心给自己一段足够自由的时间，把自己关在家里半月，一切从头开始，重新审视这本书的意义，连同这些年所经历过的大小事，而当我把之前所不能理解的事通过文字再次回味一番后，才真正地理解了这一切，理解了自己。

对于大多数人而言，无论是认识的或知晓的，熟悉的或是陌生的，都很难描述我是一个怎样的人，包括我本身也很难给自己一个准确的定义。无论是对他人还是自我的认知，都不会是一成不变的。随着我们逐渐成熟，真实的我从模糊的概念到变成一个鲜明形象的个体，从初识的我，到现实生活中的我，抑或是众人期盼的我，都自然且被动地成为我的一部分。

很多人都曾给过我相同的评价：举止言谈像是一个老人。而从小到大，我都习惯于同那些比我年长许多的大人们相处，此类早熟的标签伴随着我直到现在。不可否认的是，这样的我是我的一部分。偶尔一个人的时候，我会蹲在街口的路边摊，叫上瓶啤酒，看着街上过路的行人发呆，这是我的另一部分。大多数人，喜欢用他们的第一直觉去评断他人，老成的、幼稚的、善良的、丑恶的，一旦他们见识到此人的另一面，便会由衷感慨：他怎么像变了一个人似的，跟我当初认识的不一样了。当然，每个人的心中都有一把尺，都有自己的度量衡，有着各自的评判标准。对于我而言，既然明白了其中差异，那就得理解不同，也需要有所不同。

例如每天，每个时刻，每个场景，我的身份都在不断地被自己或外部环境切换着，但无论是设计师、裁缝还是老板，这些都是我。设计师是我的开始，也是过程中各类角色的归属。许多人问我当初为什么会选择时装设计这个行业，我想或许是性格里骨灰级宅男的部分使然吧。设计让我着迷于一人独处时所换来的灵感以及整个过程中毫无顾忌、肆无忌惮的自由，每一次的独处，总会开启新的发现和感悟，它一直陪伴我，让我即使整天忙忙碌碌也能给自己一个相对隐秘的空间去和自己相处，有些时候，我只是在享受放空而已。

　　现在的人大都欣赏那些有自我主张、思想独特的人，他们带给你
乐趣和新鲜的想法，让你接触到你未能体验过的生活方式。其实大部分
这样的人会比常人有一个更为清晰的自我认知，在你看到的洒脱、自由
的表象背后，他们坚持自我、认清自我的过程，也是难以想象的。他们
在不为无用的言语所左右这件事上下了不少苦功。因此这些所谓独立的
我，并非只有特立独行、另辟蹊径，他可以是寻求冒险刺激的，也可以
是平和的，关键在于能否找到社会与自我的平衡点，并且善于自由切换、
不轻易动摇。

　　很多人都在说"多爱自己一些"，在对外宣扬自爱的同时却无法
卸下自我的盔甲，像一只笼子里的金丝雀，生生地将自己关住。大多数
人只看到它精致的躯壳，好像所展现的都是自尊自怜的姿态，殊不知这
笼子和鸟都只是供人观赏的玩意儿，情感也都是外露的，鸟儿能看见的，
只不过是笼子外的观赏者眼睛里反射出来的自己。我是谁，或许对于它
来说，从未考虑过，也不必看太清。不过，天生极度悲观和极度乐观也
真的能够出现在同一个人的身上，那是诗人海子，这般激烈的矛盾在海

子身体里流窜，终有一天海子选择了死亡。但这并不是逃避，而是选择了一种对灵魂尽头的宽慰。在面对和认知"我"的路上，许多人一心想抓住自我，嘴里念叨着如此如此才是我，如此如此并不是我本意，殊不知与其不断患得患失，倒不如真诚地接纳多面的自己，等待着那个能看过你的每一面后，还能与你同行的人。

　　人并非需要靠攀爬到不可触及的高度才能证明自我的价值，在忙碌不堪的生活里，依旧能保有原始的、清醒的我，有一个温暖、舒服的空间与自己相处，便能在前行的途中感受到一丝满足。正是这样的我，才能理解过程中所相遇的每一个我。经历了越多的事，见过了越多的人，便越是明白，尽管处于相同的环境里，原来这些个我也都有着与他人不一样的世界。

回忆总会抹去坏的，夸大好的，而也正是这种玄妙，我们才得以卸下过去的重负。

想

　　"想"这个字眼在我看来十分任性。我们可以轻而易举地表达出我想怎么样、你想干什么这样的语句，但无非是停留在脑子里或口头上，并没什么实际意义。我们总是肆意地在嘴上浪费时间，仿佛话语堆积的宫殿真的能够让我们居住。事实上，如果每个人都能把转瞬即逝的想法化为行动上的一步两步，那么或许宫殿早已筑就。但因为人骨子里天生的惰性，多少羁绊住了"想"的实现。人类是最会脑洞大开的生物，科学家发明创造了无数高科技产品和新鲜玩意儿，无非都是为了满足普罗大众的惰性所产生的需求。

　　"想"是欲望，与幻想不同的是，它除了表达所期待的事物之外，还背负着行动。欲望会驱使行动，虽不能一下子抵达终点，但欲望作为可实现的"想"，承载着行动方向的时间轴。大多数的人或许会认为欲望是一个贬大于褒的词，人的身体里承载着人类复杂的情绪，很难真正地克服并把控这些"邪恶的乘客"。一旦因为控制不住而放纵便会埋下种种恶果，我们只能将所有的过错通通归咎于虚无缥缈的欲望。这种说法在一定程度上减轻了我们的负罪感和不安，但细细想来，欲望固然难以掌握，却带着些溢于言表的感性。

欲望是对美好的憧憬，它是超越当下的，会迫使你为了实现它而不得不放弃已有的安稳襁褓，它催促着你前行，也诱惑着你自投罗网。欲望常常是一种创造，渴求某个对你没有欲望的人，能够帮助你理解这种极其强烈的情感本质；它更多是与"我"本身相关，当我们作为彼此欲望的客体时，很容易明白在这轻松的状态下没有任何负面的能量。积极的欲望接近于梦想，而争强好胜是人的天性，在不服输的年纪里，每个人都眼高于顶，追求的过程中，可能会被摔得鼻青脸肿，然而在欲望与现实较劲的过程中，你会渐渐发现：成熟是摔出来的。而成功从来都不该是最终的目的，那些终极的梦想，其实是很难实现的，但在你追逐梦想的同时，你却可以意外地收获一个更好的自己，你会因此生活得更为充实。如果半途你选择放弃，你意识到或许这并不是你想要的，抑或是你并没有那么坚定，只能说向往安逸的欲望已经将你打败，但也不必失落或后悔，只要在这过程中能更清醒地认识自己，就不算全盘尽失，终有所得。

明白自己想要什么，这是许多人终其一生追寻的目标，这是值得庆幸的一点。这个世界上并没有面面俱到的生活，也不会有从一而终的结局。你能看到有什么，也得看清没有什么，你能知道要什么，也必须明白会失去什么。明白的人自然有实现欲望的方式，若是要清楚自己什么时候去要，什么时候去舍弃，则需要在对的时刻与欲望抗衡。得失是一种平衡，你想要更好的，便一定要舍弃一部分手上拥有的。什么时候去要，不单指某个具体的时间点，更多的是表达一种状态的达到，在你拥有的足够多，足够强大了之后，才有能力自由地选择，才有能力放下和拿起。

　　人这一生，都是被欲望所贯穿吗？所有的行动也都源于我们的念想。想或不想，都是欲望，所谓无欲无求的人，不过是他们的欲望便是随心所欲罢了。

给

　　既没有单方面的给予，也没有单方面的索取，"给"是一种平衡。科幻电影吸引观众的原因在于它所刻画的每一个拥有神奇力量的英雄大多在起步之初只是个普通人，这种英雄题材的电影从根本上带给了我们无限的幻想和刺激，但在现实生活中却是需要靠你不断地累积才能有所得。想要优越的生活，就要不断练习赚钱的能力。想收获一份长久的感情，就要不停地为对方付出，直到对方也愿意"给"。但这并不适用于每一个人，每一种关系。很有可能你说不清道不明、执着的、发自内心的给予，到头来，也会沦为一厢情愿。

　　不可避免的是，大多数人在深陷于一段关系时，总有一种天真且高尚的牺牲情怀，他们无惧无畏地给予，倾尽全力地奉献。这本是一件成全感情的好事，但这也成了预埋在彼此之间的一枚定时炸弹。感情圆满时，怎样都好，一旦破碎，这些给予便成了感情的白条，出现在一次次争吵中，出现在一次次失去理性的诋毁里，甚至出现在道德法庭上。面对这些旧账，得到的人往往觉得对方无理取闹，而给予的人却因此生怨，因怨生恨，因恨而苦不堪言。要知道在一段关系中，选择心平气和、不去计较的那些人往往过得比较开心，而过不好、走不出的那一个也是一定要分出胜负对错的那一个。

　　在诸如此类的行为中，许多人似乎都在扮演着付出者的角色，看似对回报绝口不提，但父母与子女间争辩时脱口而出的"你凭什么和我顶嘴"，情侣间争论时脱口而出的"你凭什么这么对我"，好友间争吵时脱口而出的"你凭什么这么做"。每一个"凭什么"的背后隐藏的潜台词无非是，我付出了那么多，但没能得到我预想的回报。这

样的付出和爱，不但没有在一段关系里治愈双方，反而将情分一点点
腐蚀殆尽。

很难追溯从何时起，这个社会开始混淆给予和付出的概念，开始
对"给予"上纲上线，令"给予"成为一个形式绑架的动词。父母给
了孩子生命，爱人给了对方幸福，朋友给了对方陪伴，陌生人给了他
人帮助，这些存在于我们生活中稀松平常的小事里，比起给时的温情，
人们似乎对由此产生的父母赡养问题、爱我却不肯为我改变、发小过
得比我好……更为关注。而这些逐渐演变成了一段段先计算得失比重，
再选择出手营救的现实关系。如此下去，我们只会成为把手粘在口袋
里、不肯伸手与社会平和共处的冷漠个体，而行走在街上的全是面无
表情的无臂猿。

　　其实，人与人之间的交往，微妙至极。有的时候需要直言，有的时候却需要一些不挑明的默契。毕竟情分这东西，挑明了，也就不是最初的那个味道了。大多数的人始终保持着，小恩答谢、知情领情的道德观念，无须多言的素养与情商。但总有一些人心安理得地接受他人的好，这并非是一段经历就能改变的习惯。我喜欢那种不捅破的温暖与美好，默不作声的给予与心领神会的知情，倘若无动于衷，也没什么大不了，只需悄无声息地收回自己的一厢情愿，不再试探。既然生活总会一不小心就充斥着淡漠，如鱼饮水冷暖自知，又何必让自己的那颗玻璃心受到无数次无情的冲击呢？话虽如此，但也不得不承认，很多时候，人们着实对回报有所期待。这种情形下每一次的"领情"，都像是绽放在生活中意外的惊喜，如若我们让自己少一些欲望，对世事的变幻多一些承认，这或许便是改变的苗头，往往正是那些妥协，才让我们真正对自己的生命有了一些紧握手中的掌控。

　　"给"字并不难理解："纟"是编织，需要去经营、磨合和创造；"合"是一人一口，意味着分享和承担，己所欲，施于人。若不能做到给予的同时一无所求，也就不要自以为是地去惊扰旁人的幸福，不要试图用单方面的付出去勒索他人。你要懂得，每个人都是一个独立的个体，并不是拼命付出便能得到等量的回报，否则对方就成了无情无义之人。当初死心塌地甚至乐此不疲的人一直都是你自己而已。无论你对别人做了什么，那个真正接收的人，并不是别人，而是你自己；同样的，当你给予他人，当你为别人付出，收获更多的也不是别人，而是你自己。

得不到不一定是件坏事。至少我可以，偷偷地打探你，
不被细节打败，因为独立相爱。

你

你是恋人，

你是朋友，

你是路人，

你是我偶遇的另一个自己。

我们有着不同的人生轨迹，但总会因为些什么在途中偶有交集，或有幸结伴走过一程，或遗憾从未有所际遇，能够与你相识，已是最难得，也是值得珍惜的事情。

我很容易被不同的你吸引，相遇时，你的性格、外貌、生活方式，越是与我不同，越是想靠近。或许是因为长久以来，我们早就习惯于自我的一套思考逻辑，被一种固定的思维模式塞满了脑子，即便它并非无趣，但皆在意料之内。这时候，若出现了一个与我迥然不同的人，他所拥有的恰好是我所缺失的那一部分，这使得我们单方或双方面地陷入了被吸引的情形，眼神里言语中皆是欣赏，在逐渐了解的过程中也是充满惊喜，就好像打开了一个新世界的大门，里面满是未知和新奇。而让人幻想的原因在于，这个人的出现并不像剧情铺垫般留有伏笔，我们并不能提前预知他将会是哪般模样，他的喜好、他讲话时的语调、他说谎时眨眼的频率，在相遇之前都未曾想过，可一旦突然出现，便能很快占据你的视线。

我们存在于一个多元且具有包容性的社会中，但我们却总是依赖对别人过分苛刻的精神洁癖来宣扬自我的个性，比如：你介意有些人性格太过孤僻，过于呆板；而他介意有些人生来便带着流于表面的圆滑品性。当然，若你是一个涉世未深，有着纯粹内心的人，或许你会被他独特的言谈举止和生活趣味所吸引；若他是一个生性自由自在，漂泊的浪子，没准他与别人的相处模式同样保持着平淡如水而不是大悲大喜。这样的你们和他们，或是我们，似乎有很多部分是相互补给，看起来便是趣味相投。就像一个健谈的人与一个寡言的人，一个谨慎细腻的人与一个大大咧咧的人，一个急性子和一个慢性子，如果相处起来并不会感到不适，在人们眼里便是最佳拍档。

随着阅历的增长，我们渐渐跳出了这个规则。要知道世界上并没有完全一样的我和你，也没有完全不同的你和我。最初，我们对他人抱有着无限的设想，好似他的一切都是美好的，然而这个他只是我们靠想象拼凑出来的，这被过度美化的形象会在细微琐碎的小事中幻灭。

得到的都是意外，包括爱。

　　尽管我们有许多差异，但能够认识并且了解彼此，必定是因为在某一部分存在着些许的共鸣，这也是在面对性格迥异的人时所谓的相处之道——求同存异。两个人有着不同的性格、爱好或是习惯，在一开始本就是两条永不相交的平行线，如果恰好有一个相同的点能让这两条平行延伸的线相连接、交错甚至将其靠拢，那么两个人便能够形成相辅相成的关系；如果抛开那些共通之处，便只好相望而不相交，但这也并不完全是坏事。对于和我们有着或长或短交集的人，我们并不能要求两个人完全不同，同样的也不能强求彼此是一个模子刻画出来的，若偶遇之后我们能以最舒服自在的状态相处，这对恋人来说便是最好的感情，对朋友来说是最好的陪伴，对路人来说是最好的际遇。

　　回头看来时的路，发现正是因为生命中遇见了这么多不同性格的你，才让我慢慢地认识自己。没有相约却在外地偶遇出差的朋友，感谢你和合作伙伴据理力争的样子，那让我学会不在谈判中丢失自己的原则。邻桌故意压低声音说着别人的秘密却被我听见，让我见识到流言蜚语和虚情假意的狰狞面貌。还有夜半街道上偶遇的姑娘，谢谢你对着朋友大声哭喊着已远走的旧日恋人的名字和他的浑蛋事迹，而我在不远处盯着你夸张的演技近一个钟头才肯离去，也终于鼓起勇气，点了第一杯 Mulled Wine（加香料的热葡萄酒）。

　　你有方向，你有热爱，你有宽容，你有自得其乐的本领，即便是偶尔迷失，也能够很快地找回自己。这样的你，既是我在寻找的你，也是我在寻求的自己。

　　没有完美无缺的个体，我们才要在人堆里不断地找寻一个你，在遇见你之后，独立又相互承担得起。

一个

一是能组成一连串幸福的数字，意味着最初，意味着最少，也意味着最好。

大多数时候，我们真正需要的其实并不多，当你试图在"面"上扩充自我的需求时，与此同时，你忽略了在一个"点"上做到极致，忽略了纵深向下的深度，而最终只会导致"面"的下方空空如也。

"一个"是普通的数量词，一个不多，一个也不少，它是从无到有的界限，一旦有了一，便意味着存在，存在的事物中既然有了一，一便成为事物的一部分，是既独立又能组成事物整体的一部分。一个小孩子伸出一根手指头时，会念"一"，弯回去时，一没有了，但并不是零，指头还在呢，只是看不见罢了。一是事物由少变多的起始，正因为有了一才会引出所有未知。那么由一开始，或许在偶然和巧合的作用下，我们的选择会对自己、对别人、对这世界造成影响。

一背后所带来的不可预见性或许会被无限放大，但从某种意义上讲，一所特指的一具有排他性且是珍贵的唯一。我想给你一个家，这其中"一个"，便是表达了欲望多少的一个量词，是在经历且尝试过无数个第一次后，留下的唯一一个追寻。相识过很多人，但遇到的你只有一个；经历的事有很多，但有些事经历了一次就好。我是一个健忘的人，但于我而言重要的人说过一次的话，我依旧能够一字一句地还原。一就是这么任性地以独特的姿态存在着，永远的独一无二，不可替代。它的形状就像一条笔直的道路，在这条路上没有掉头和转弯的机会，只能一路向前。

　　正因为拥有的数量是一，或是成为第一个，得到后才更显珍贵。就像小王子的星球，小王子的玫瑰，玫瑰是我的玫瑰，我是玫瑰的我。彼此是彼此的唯一，这更像是承诺，有的被遵守，有的被打破，关乎忠贞，关乎道德，说到做到并不容易。漫漫的人生长河里，你认识了无数的朋友，却只有一个愿意交心，你有无数个爱好，但大多都只窥其表面，倒不如将一件事做到极致来得有意义。

　　如今，科技让世界变小了，让人与人之间物理上的距离缩短了，但内心的距离却渐行渐远。现代人大多低头忙着自己的生活，编织着能够裹住自己的茧，一味贪求，既不珍视也不在意，到最后落得一场空。每一个第一次，都代表着一个新的开始，人们总会记得，第一次谈恋爱，第一次出远门，第一份工作，它们在记忆中会变成一个重要的符号，意味着全新，意味着即将面对一个从未尝试过的领域。

　　我们将所有的事物都赋予一的特殊意义，当一成为一种态度，一种世界观，便能够对成长路上的收获有更深入的探索和体验。看起来类似的两件事，一次和另一次，经历和结果也全然不同，买同样的一个物件，一个和另一个，即便性质相似，但你对它的喜爱程度也不尽相同。实则，一旦我们专注于一，便能够拥有更为广阔的视线，便能挖掘出更多维度的视角。一切存在都不会是毫无意义，所有你认知的事物也都能始于一且终于一，又以一为联结向深度蔓延，最终反馈给你的便是于你而言最难以实现却最终成真的梦想、最难以奢求却紧握在手的生活、最意想不到却陪伴左右的枕边人。

浮躁的大千世界，有越来越多的人开始尝试着自省，因此才会有如此多的人开始推崇极简主义的生活哲学。从某种意义上讲，极简便是一的体现形式。舍弃所有繁杂的、负面的事物，并在抛下的同时你会发现，看似拥有很多，其实有很大一部分都是没有必要的。有许多负担是可以丢掉的，有许多人是可以忘记的，在此过程中，我们能逐渐看清，哪一些才是自己最不可或缺的，最应当珍惜的。在取舍之间，将所有的事物化繁为简，随之，事务的纯粹本质会被无限放大，一切都将变得简单、明了、有质感。例如在《设计中的设计》一书中，原研哉在设计书时，重新认识了纸在现代社会的地位：当下，纸已经不再是媒介的主角，我们要做的，是将其从所担负的实际任务中解放出来，回复到它在物质向度充满魅力的本来面目。如果把电子媒体作为信息的传播工具，那么纸媒便是"信息的雕刻"。一个物件或一段关系里的人物在经过合理筛选后，留下的那一个，必定是集合了美观、精致、实用等所有优良的特性，没有任何存在是赘余无用的。

大多数情况下，我们的生活并不需要太多数量的东西，得到的满足感也并不会随数量的增加而增长，追求了太多必需之外的东西，就必然会受其所累，拿有限的生命来伺候无限的琐碎，这是对自己的不道德浪费。

其实一直陪着你的，是那个了不起的自己。

家

　　一阵恐惧感突然袭来，过电般从脚趾的神经蹿上头顶，我在黑暗中惊醒，蓦地从床上弹起身却还惊魂未定，等慢慢平复了呼吸，我才意识到不过又是一场噩梦。此时此刻，在我空空荡荡的家里，四处一片寂静，只有一盏常年未闭的床头灯。这是我在北京租的第三套房，也是我在这儿的第三处临时的家。

　　很多人都有这样的体会，当你长时间待在一个地方，而环境突然改变时，在睡梦中总会觉得自己还住在那个老地方。你对这个地方越是依恋，这种感觉便会越长久且深刻，我们习惯性地称这个老地方为——家，因为这个由我们悉心布置的空间，给了我们温暖，也容许我们肆无忌惮。

有一种鸟叫作织布鸟，这种鸟被称为动物界的筑巢大师，巢穴筑得精美复杂，以致科学家以为它们是雌雄分工协作完成的。可后来的调查发现，如此精致的巢穴几乎全靠雄鸟完成。在繁殖的季节，雄鸟便换上鲜艳的羽毛，物色建造吊巢的最佳位置和材料，再用高超的编织技艺以及大量时间去筑成吊巢。雄鸟所做的这一切都是为了向雌鸟展示自己的能力，赢得其欢心，一旦自己的巢穴作品通过了雌鸟的验收，便赢得交配的机会。一如人世，在钢筋水泥的丛林里，我们为生存奔忙，为衣食担忧，为住房焦虑，竭尽全力练就技艺，如织布鸟那般，有了那套房，有了那个他（她），便才有了一个家。

记得曾在一本书里看过一段话，说家的定义就是我和你住在一个房子里，育有一个孩子，再养一只大狗。这是典型的美国式家庭。而中国对家庭的定义多少有些刻板，略显隔阂和距离。在典型的中国式家庭环境下长大的孩子，不免会是千篇一律的，当然也会有色彩纷呈的部分，这取决于父母对子女的教育和潜移默化的价值观渗透。这些留在子女身上的天赋和属性，将会伴随其走过一段很长的路。

我们对于出生并没有选择权。我在一个相对不完整的家庭中成长，被动地去接受命运的安排，但并不影响成年后的我选择主动去回赠爱给我的家人，至少成年后的我学会了理解。但在理解之前，我们总是会对家庭有很长一段时间的抵触心理，感觉家是一道很难跨过的坎，尤其是在我们刚步入社会获得了一些小小的成就，用双手迎接过几次嘉奖后，用心交换过几个知心朋友后，用脚步丈量过几个国家的土地后，我们总觉得自己对家庭来说是有一些分量的，是能够被尊重或平等对待的。但面对越来越与社会脱节的父母，我们的那些成就感和掌控力总会被打击到有些无奈。之后便会感慨这辈子都不要结婚，至少不要父母那般的家庭。

但随着年龄的增长，在经历更多的挫折，在翻越过更多的高山之后，我们反而更能理解父母了。磨炼让我们反思自己对家庭真正的认知。其实我们并不真正了解父母是如何成长的，又是哪些事情和经历让他们成为现在的样子，我们甚至不知他们因何而相爱，又因何而分开，我们没有试图去理解他们的想法，又怎能轻易在心里给他们判刑，给家庭定罪呢？

同样的，我们有权选择并组成自己喜欢的家庭模式。让这个家变成我们心中希冀的模样，这是我们的选择，但无论我们怎么在装修风格上下功夫都仅是形式。事实上，家庭的真正魅力正是以血缘关系为纽带的情感寄托。分享也好，争吵也罢，我们在这个家里彼此牵绊，就是因为我们是亲人，我们是一个家。人老则返本，在外漂泊得越久，我们越希望自己最终可以有这样一个家。

汽车轮胎碾过地面嗡嗡作响，耳畔呼啸而过的风，人群拥挤在满是雾霾的寒冬，像一道道拷问：呆头呆脑地来到这个人生地不熟的城市是为了什么？到底什么才是你想要的生活？大抵就是不为生计忧虑、拥有健康的身体、做自己喜欢的事情，更重要的是有幸拥有一个属于自己的家。仔细一想，这是理想，也是欲望，理想达到便成了现实，但还会有更多的想象。家，是一个温暖的字眼，是一栋房子，又不仅如此。家是一个最令人心安的地方，有我们最易丢失也是最想收获的安全感，是直至最后，我们都想以最纯粹的心去面对的归属。

我想给你一个家，我想在你建造自己的家之前，让这本书于你而言成为属于你的一个独立且敞亮的空间，它可以包容你的冷漠、你的软弱、你的叛逆、你的妒忌、你的欲望，而后，当你走出这个家面对世界时，便尽是宽容。

[后记]

最好的 24 年，最好的我

嗨，当你翻到此页时，很高兴你已将此书读完。在这本书付印之前，我重新审读全书，发现它好似一面镜子。如果说写作时，我抱着强迫的态度强行与自己和解，那么时隔半年后，意外地发现我是如此舒服自在，与解脱后的自己相处甚欢。

这大半年，或许只有用"开了挂"才能形容我忙碌与疲惫的状态，而背后所有的角色都是我主动去选择的。之所以用"主动"这个词，是因为在最初我心甘情愿地接受外界强加于我的各类标签。时常有人问我：如何兼顾多重身份？一开始我只想尽量将工作细分、合理安排时间。到后来品牌步入正轨，自然要往更大的体量去发展，是时候总结过去，以便更好地思考未来了，于是便有了这本书。

主动向前的结果是：身份更多了。对不同身份的自如转换源于内心真实的安全感，而安全感则来自逐渐找寻自我、认知自我、探究为什么而忙碌的过程，这种内心的踏实感比业绩、夸奖、荣耀更真实，更爽快。

现在的我，不为难以预料的状况而跳脚，更不为他人脱口而出的评论而烦恼，专注于自己热爱的事物，减少无意义的社交，提醒着自己每个阶段都有所得。当然，多亏岁月里曾出现过的失意，更感激每个必须做出放弃的刹那，这些都让我们成为更好的自己。

明白为何，为何忙碌，保持棱角，不忘思考，也不忘忠于创造。